Prezado Sr. Opalka,

é com grande pesar que levo ao conhecimento de V. Sa. que seu filho, o Sr. Natanael Martins, se encontra internado, em estado grave, em nosso hospital. Ele rogou-me que lhe encaminhasse a carta anexa, a mim tão sofridamente ditada.

Sinto-me na obrigação de dizer-lhe ainda que a progressiva debilidade do estado de saúde de seu filho tem, nos últimos dias, afetado a sua capacidade de entendimento e de raciocínio.

Por isso, suplico-lhe, não se atenha aos detalhes e não julgue a carta por aquilo que ela diz, mas por aquilo que ela quer dizer.

Sem mais, subscrevo-me,

DR. AMADO SILVA
Médico-operador

Querido pai,

não me sinto bem. Já faz um mês que não caminho e não consigo ficar muito tempo sentado na cama, à qual estou confinado desde os primeiros meses do corrente ano. Não lembro mais como é estar a uma mesa para almoçar ou jantar e tenho alguma dificuldade para respirar. Sinto dores por todo o corpo, em especial nas pernas e nos braços. Segurar a caneta para escrever exige de mim um grande esforço. Por essa razão, dito esta carta. Os médicos não sabem o que pode ter me acometido, e os remédios já não dão conta de aliviar meu sofrimento. Meus poucos amigos não têm me visitado com a regularidade com que vinham nos primeiros tempos da doença. Mamãe, como o senhor já deve saber, pereceu há dois anos. Por sorte, não chegou a sofrer com minha enfermidade, que se manifestou pela primeira vez no verão passado. Estou sozinho e muito debilitado. Preso a esta cama, não tenho pensado em outra coisa senão em encontrá-lo. Sinto uma vontade cada vez maior de, enfim, conhecê-lo.

    Pedi que comprassem a passagem para o senhor vir me ver, já que não tenho condições de sair de onde estou. O senhor terá apenas de ir até o porto para pegar o navio. Sugiro que vá até lá de trem. Não pense em enfrentar uma desnecessária viagem de barco. Traga consigo um paletó de inverno. Embora aí seja verão, pode haver noites frias no navio. Aqui na floresta, como é de seu conhecimento, faz calor o ano inteiro. E chove muito. Por isso, traga também a gabardine. O guarda-chuva o senhor pode deixar em casa, pois os tenho aos montes. Não preciso dizer-lhe que aqui não se usam as mesmas roupas que aí. O senhor sabe que nem os maiores magnatas daqui vestem roupas de lã. Preferem a percalina. Se o senhor tiver fatiotas de percalina, não hesite em trazê-las. Se tiver camisas de seda, também. É sempre bom ter um par delas para não descuidar jamais da elegância. Traga consigo o relógio e, se achar conveniente, o travesseiro. Os travesseiros alheios nunca são como os nossos. Guarde o relógio dentro do travesseiro, para não quebrar.

Considere a possibilidade de permanecer aqui comigo alguns dias ou, talvez, alguns meses. Assim, traga tudo o que lhe é caro. Só não precisa trazer dinheiro. Eu não tenho muito, mas tenho o suficiente para nós dois. Não se preocupe com isso. Preocupe-se em carregar apenas seus pertences. Se o senhor quiser trazer sua arma, traga-a. Se o senhor tiver também uma faca, porte-a consigo. Não creio que se utilizará delas ao longo da viagem, mas é sempre bom andar precavido. As armas aqui são caras, principalmente as de fogo. São mais caras que aí. Não sei se o senhor gosta de jogar cartas. Se sim, tenho baralhos aqui. Não se apoquente com isso. Livros, eu também os tenho, tanto de literatura quanto de ciência. Tenho muitos relatos de viagem. Comprei-os aos montes. Mamãe me contou que o senhor gostava de viajar. Aliás, estão comigo os livros que o senhor deixou aqui. O senhor certamente ficará feliz em revê-los. Em suma, pense em tudo o que lhe é essencial e traga. Há espaço de sobra na minha casa, embora ela não seja grande. É a casa que era de minha mãe e que fora de meus avós. Não sei se o senhor se lembra dela. Fica na mata, numa clareira, entre castanheiras.

Depois de separar tudo o que lhe importa, compre um baú e acondicione tudo nele. Creio que é a melhor forma de trazer suas coisas. Sobre o baú, escreva com letras grandes, em tinta preta, de preferência a óleo, para que não se apague: SR. OPALKA. Se não der tudo dentro de um único baú, compre outro. Pinte em cima de cada um: SR. OPALKA. E os numere: escreva Nº. 1 para o primeiro baú e Nº. 2 para o segundo. Traga ainda uma valise de mão ou uma sacola. A viagem de navio é demorada. É preciso, pois, ter por perto algumas mudas de roupa. O senhor sabe: não se pode viver por mais de uma semana com uma camisa só. Não esqueça também de carregar consigo uma cesta. Compre uns dez limões, um saco de açúcar, um pouco de chá. Eles podem ser úteis no navio. Quando o senhor estiver com ânsias, pegue um limão, esprema-o sobre o açúcar e tome. O senhor pode ainda fazer chá. É só pedir água na cozinha do navio. Compre também umas duas garrafas de vinho tinto, um pouco de manteiga, pão e queijo. Embora sirvam comida em abundância no navio, é bom estar preparado. Traga também uma faca de cozinha, uma colher e um caneco na cesta, junto com os limões, o açúcar, o chá, o vinho, a manteiga, o pão e o queijo. O senhor poderá levar mais mantimentos se quiser. Há o percurso de trem, antes de chegar ao navio. Talvez seja o caso de dobrar a quantidade de tudo, menos do limão, do açúcar e do chá, que são para o enjoo. Cuide para que seu baú não suma durante a viagem. Não o perca de vista. E fique de olho também em sua valise. Não deixe que as outras pessoas se apossem de seus mantimentos. Eu sei que a viagem é longa e demorada, mas o pior é chegar até o navio. Depois, é tudo tranquilo. Quando o navio navega calmamente, pode-se subir ao convés. Lá é mais saudável e agradável do que nas cabines. Quando o navio balança, é melhor ficar deitado na cama, porque há casos de passageiros que caem e se quebram ou machucam a cabeça. Quanto a andar pelas escadas para subir ao convés, deve-se ter muito cuidado, porque há casos de pessoas que descem de fundilhos quando o navio oscila. O senhor não vai querer perder o equilíbrio e descer de fundilhos pelas escadas do navio, não é? Contaram-me que uma senhora machucou-se assim. Ela quebrou uma das pernas e, em três dias, estava morta. Se as camas forem do tipo beliche, jamais se deite nas de baixo. Aqueles que estão nas de cima podem vomitar na sua cabeça. E preste atenção: durante a viagem, não escute ninguém e não deixe que o perturbem. Não faça caso do que os outros dizem. Diz-se muita besteira na solidão do oceano. Percebo agora o quão tolo posso parecer-lhe ao enfileirar tais recomendações. O senhor é um homem viajado e certamente sabe bem mais que eu da rotina e das exigências de um percurso como esse.

No porto daqui, o senhor Jean-Pierre estará lhe esperando. Ele o trará imediatamente até onde estou. Quando o senhor chegar ao hospital, será fácil saber quem eu sou: serei aquele que mais se parece consigo.

Rogo-lhe, pai, venha. Venha tão logo receba esta carta com a passagem. Aguardo-o com impaciência. Faça uma boa viagem.

Do seu amoroso filho,

NATANAEL

Veronica Stigger

Opisanie świata

TORDSILHAS

– Pois não aplaudas nada, disse-lhe mansamente a mulher. Queres fazer-me um obséquio? Vamos à Europa, em março, ou abril, e voltemos daqui a um ano. Pede licença à câmara, donde quer que estejamos –
de Varsóvia, por exemplo; tenho muita vontade de ir a Varsóvia, continuou sorrindo e fechando-lhe graciosamente a cara entre as mãos. Diga que sim; responda, que é para eu escrever hoje mesmo para o Rio Grande, o vapor sai amanhã. Está dito; vamos a Varsóvia?

MACHADO DE ASSIS, Quincas Borba

Tu sais qu'Ubu se passe en Pologne, c'est-à-dire nulle part.

MICHEL FOUCAULT, carta a um amigo,
22 de novembro de 1958

Para Ivo, meu pai

HOW TO BE HAPPY IN WARSAW

O tipo era atarracado, braços e pernas como pequenas toras. O rosto, redondo, circundado por grossos fios de cabelos castanho-escuros, cortados na forma de um capacete – um estranho corte de cabelo que acentuava ainda mais a rotundez da face. A parte inferior da barriga protuberante não se continha dentro da camisa vermelho-sangue: saltava para fora por baixo e pelas aberturas entre os botões produzidas pela pressão do corpo roliço sob a justeza do tecido. De magriço, o tipo só tinha o bigode: fino, longo e com as pontas levemente viradas para o alto. Não era moda e nem chegaria a sê-lo, mas era assim que ele gostava de usá-lo. Embora fizesse calor naquele mês de agosto, trazia sobre a camisa vermelho-sangue e a calça clara de linho um longo quimono de seda espalhafatosamente estampado, que, de tão comprido, arrastava no chão e levava consigo poeira, areia, pedrinhas e toda sorte de detritos que porventura encontrasse pelo caminho. Carregava, com esforço, quatro malas de tamanhos diferentes: duas em cada uma das mãos e duas debaixo dos braços troncudos. Ao ver Opalka sentado num dos bancos da estação, lendo compenetrado o jornal, sorriu feliz. Acelerou o passinho, tropeçou na barra do quimono e se espatifou no chão a apenas alguns passos do banco. Com a queda, arremessou involuntariamente para a frente suas malas, que se esparramaram defronte a Opalka, fazendo barulho. Como num boliche, as quatro malas derrubaram o pequeno baú de Opalka, o qual, por sua vez, caiu sobre a sua cesta de limões, virando-a. Os limões – uma dúzia – rolaram todos para fora. Um deles avançava, célere, em direção ao vão dos trilhos, enquanto os outros já tinham estancado embaixo do banco, entre as pernas de Opalka e em torno da cesta e do baú. O tipo, que havia se levantado num salto, se jogou ao chão, como se mergulhasse numa piscina, para tentar conter o limão. Mas foi em vão: o braço, muito curto, não conseguiu alcançá-lo, e o limão, enfim, tombou sobre os trilhos. Opalka, que, admirado, acompanhava a cena por cima do jornal, fez então menção de juntar os limões restantes. Mas o tipo, que já estava em pé novamente, espanando com força seu quimono espalhafatoso, esticou a mão espalmada, fazendo sinal para que Opalka não se movesse. Sem obedecê-lo, Opalka depositou o jornal no banco a seu lado e abaixou o tronco. Quando ia pegar um dos limões que estava próximo a seu pé esquerdo, o tipo fez novamente um sinal com a mão e gritou em alemão:

– Pare!

Opalka, surpreso, deteve-se, encarou o tipo e ergueu novamente o corpo, desistindo do limão. O tipo sorriu-lhe e, mancando, recolheu a cesta do chão e foi recolocando dentro dela, um a um, os onze limões. Opalka pegou o jornal e voltou a lê-lo. Depois de encher a cesta, o tipo levantou o pequeno baú, bateu-lhe vigorosamente com a mão direita para livrá-lo da poeira e o depôs encostado no banco, ao lado dos pés de Opalka. Este tirou por um momento sua atenção do jornal e olhou de soslaio para o tipo. O recém-chegado estava agora acomodando suas próprias malas. Ele as organizava por ordem de tamanho e bem na frente do banco em que estava Opalka: a menor delas ficou aos pés deste e a maior diante do lugar que escolheu para se sentar. Finalmente o pequeno homem tomou assento ao lado de Opalka, que o olhou de lado, discretamente. O tipo analisava cada partezinha de seu quimono e, vez por outra, estalava a língua no céu da boca e balançava a cabeça para os lados, contrariado. Opalka não conseguia mais prestar atenção no jornal. Observava o tipo, que, depois de muito estalar a língua no céu da boca e balançar a cabeça para os lados, abaixou o tronco em diagonal em direção ao chão, a fim de alcançar a menor de suas malas. Como não se levantara do banco, passou o corpo por cima dos joelhos de Opalka, que comprimiu o jornal contra o peito para evitar que fosse amassado pela cabeça do outro. Este, por sua vez, remexia e remexia e remexia em sua mala, sempre grunhindo e suspirando. Sem encontrar o que procurava, levantou-se e foi até ela. Abaixou-se diante dela e voltou a remexer, introduzindo parte de sua cabeça no interior da mala. Opalka sacudiu o jornal, como se assim pudesse desamassá-lo, e voltou a ler. Mas sua atenção foi novamente interrompida; desta feita, por uma exclamação de júbilo, que vinha de baixo:

– Ah!

Opalka espiou mais uma vez por cima do jornal e lá estava o tipo em pé, segurando uma faca numa mão e uma maçã, como se fosse um troféu, na outra. Ele se sentou a seu lado e, antes de comer, virou-se para Opalka e lhe perguntou em polonês:

– Posso ajudá-lo?

Ao que o outro, tirando mais uma vez os olhos do jornal, disse, também em polonês:

– Como?

O tipo franziu a testa, ofereceu a maçã para Opalka e repetiu:
– Posso ajudá-lo?
Opalka abaixou o jornal, encarou o tipo e respondeu, também em polonês:
– Desculpe. Mas creio não tê-lo entendido.
O tipo suspirou fundo e olhou para os lados, como se procurasse alguém a quem pedir ajuda. Olhou para sua mala pequena e, em seguida, para as próprias mãos, ora ocupadas pela faca e pela maçã. Opalka, percebendo a inquietação do outro perguntou-lhe, ainda em polonês:
– Posso ajudá-lo?
O tipo se virou para Opalka e franziu novamente a testa. Na dúvida, estendeu-lhe a maçã, balançando-a levemente, deixando evidente, com o gesto, que lhe oferecia a fruta. Opalka, fingindo não ver a maçã que o outro lhe apresentava, repetiu:
– Posso ajudá-lo?
O tipo, sem dizer palavra, fitou Opalka e em seguida fitou a maçã e a faca, que continuavam em suas mãos. Opalka largou o jornal no banco a seu lado e estendeu os dois braços em direção às mãos do sujeito, fazendo sinal com os dedos para que este último lhe passasse a maçã e a faca. O tipo sorriu satisfeito e lhe entregou a fruta e o utensílio. Depois limpou uma mão na outra e foi até sua mala pequena. Remexeu nela mais uma vez por um certo tempo, enquanto Opalka o observava, de faca e maçã nas mãos. Finalmente, tirou de dentro de sua mala um guia de viagem dedicado a Varsóvia, em inglês, e dois cadernos de anotação pretos, visivelmente em uso. Voltou a se sentar ao lado de Opalka, virando veloz e ruidosamente as páginas

do guia. Folheava para lá e para cá e parecia não achar o que procurava. Volta e meia estalava a língua no céu da boca e grunhia coisas incompreensíveis num idioma não identificável. Irritado, fechou o guia e o colocou sobre o banco, bem em cima do jornal de Opalka. Cruzou as pernas e pegou os dois cadernos pretos de anotação. Folheou um. Folheou outro. Voltou a pegar o primeiro, desta vez virando as páginas mais lentamente, até que parou numa delas. Um imenso sorriso abriu seu rosto, que já estava ficando carrancudo. Voltou-se para Opalka e ia lhe falar quando percebeu que este estava com a maçã e a faca nas mãos. O tipo, que segurava o caderno preto na mão direita, esticou a mão esquerda para tomar de volta a maçã e a faca. Opalka lhe entregou a maçã, mas não conseguiu lhe passar a faca porque a mão do outro, muito pequena, não dava conta das duas coisas ao mesmo tempo. O tipo devolveu a maçã a Opalka e acomodou o caderno sobre as pernas. Para mantê-lo aberto na página que lhe interessava, depositou sobre ele o outro caderno preto fechado. Feito isso, pegou a maçã e a faca de volta. Virou-se para Opalka e, lendo no caderno, disse em polonês:

– O senhor está servido?

Opalka sorriu e agradeceu, também em polonês:

– É muita gentileza sua, mas não. Muito obrigado.

Em seguida puxou o jornal, que estava sobre o banco, debaixo do guia de viagem, e tentou continuar a leitura. O tipo, por sua vez, descascou toda a maçã antes de cortá-la em pedacinhos pequenos, os quais enfiava na boca e mastigava feliz. Opalka não conseguia sair da mesma página – já havia lido três vezes o mesmo parágrafo –, porque o ruído da mastigação do outro o desconcentrava. Buscava, pela quarta vez, entender o que estava escrito quando foi surpreendido por uma nova agitação. O tipo, que acabara de encontrar um bicho em sua maçã, levantou-se para arremessar a fruta e a faca em direção ao vão dos trilhos, enquanto gritava, furioso, em sua própria língua:

– Um bicho! Que nojo!

Ele caminhou até a beira da plataforma e cuspiu, nos dormentes, a massa informe de maçã mastigada.

– Que nojo! Que nojo! Que nojo!

Ele enfiou, então, o dedo médio da mão direita na garganta e forçou o vômito, que não veio. Preparava-se para repetir o gesto quando Opalka, que assistia a tudo incrédulo, tentou evitar o desfecho desagradável, dizendo-lhe em português:

– Não faça isso. Não é preciso. Não será um bichinho de maçã que irá lhe fazer mal.

O tipo se deteve. Espantado, virou-se para Opalka e lhe falou, também em português:

– Mas o senhor fala português! Por que não me disse isso antes?

– Porque eu não sabia que o senhor falava português – respondeu Opalka. – Como ia adivinhar?

– O senhor sabe que –

O barulho do trem chegando à estação abafou a voz do tipo, impedindo que Opalka ouvisse a conclusão de sua frase. Quando o trem parou, Opalka disse, a partir de então sempre em português:

– Chegou o nosso trem.

E, diante da grande quantidade de malas que o tipo carregava, perguntou-lhe:

– Posso ajudá-lo?

O tipo agradeceu a gentileza, mas rejeitou a ajuda. Opalka apanhou o pequeno baú e a cesta com os onze limões, onde colocara também o jornal, e subiu no trem. De dentro de sua cabine, olhou pela janela e viu o outro derrubando as quatro malas no chão. Ele tentava pegar as duas maiores segurando as duas menores debaixo dos braços curtos e troncudos, mas não dava certo. Quando se abaixava para apanhar as malas maiores, as menores invariavelmente caíam. Opalka colocou o jornal amassado no bolso de seu terno branco de verão e desceu do trem. Aproximou-se do tipo e lhe disse:

– Deixe-me ajudá-lo.

Sem dar tempo ao outro para responder, apoderou-se de uma mala pequena e de outra grande e subiu no trem. O tipo, que não parava de lhe agradecer o gesto, subiu atrás, trazendo as duas malas restantes em cada uma das mãos. Opalka o deixou passar à frente e, depois, o seguiu até sua cabine. Lá, depositou nos bagageiros superiores as duas malas que ajudara a trazer. O tipo tentou fazer o mesmo, mas seus braços curtos não alcançavam o alto. Opalka lhe tomou as malas remanescentes e as acomodou ao lado das outras. Feito isso, estendeu a mão direita para o tipo e se despediu, desejando-lhe boa viagem. O tipo apertou-lhe efusivamente a mão, retribuindo o cumprimento. Opalka, então, dirigiu-se à sua cabine. Chegando lá, tirou o chapéu e se sentou à janela. Pegou o jornal do bolso do casaco de seu terno, deu-lhe um safanão na tentativa, inútil, de desamassá-lo e voltou a lê-lo, esperando o trem partir.

Dele, minha lembrança mais viva será sempre metropolitana e cosmopolita. Surpreendi-o no meio de sua volta ao mundo; a menor, que principiou em Santos, a bordo de um Maru, e passou por Varsóvia, depois de tocar em Capetown, Sumatra e Vladivostok. A maior foi nas terras do Sem Fim da Amazônia. Naquele dia, na estação, ele chegara sem mais, ignorando todos os outros bancos desocupados e se acomodando ao meu lado (ele não conseguia ficar sozinho e, muito menos, quieto). Das valises ainda marcadas pelas etiquetas e poeiras da Transiberiana (catorze dias entre Vladivostok e Bjelo-Sjelovskaya), onde foi chamado Lafcádio (lembrança de Lafcádio Hearn, o amigo de exotismos), emergiram aos poucos os meteoros familiares. A colossal moeda de bronze com meia libra de peso, o manuscrito de um longo poema no qual trabalhava (ele tinha lá suas veleidades literárias), o quimono de legítima seda xiang-yun-sha, o chapéu tropical, a caveira pré-histórica para servir de cinzeiro, a Constituição da República argentina ("*Artículo primero: no hay artículo primero*"), as três latas de caviar Molossol, um guia de viagem *How to be happy in Warsaw* e uma quantidade absurda de cadernos de anotação. Em breve, tudo se dissiparia, porque Bopp se mostrou, ao longo de nosso tempo de convivência, perdulário e dadivoso. Tudo, menos o quimono comprado em Xangai, que presta serviços à noite porque tem um dragão dourado, bom para espantar espíritos maus. O guia ficou comigo. Eu devia dá-lo a meu filho para quando ele pudesse ir à Polônia me visitar.

Querido pai,

peço desculpas por escrever-lhe novamente. Não encontro sossego. O tempo passa, as dores aumentam e não sei se o senhor virá me ver. Talvez seja cedo demais para esperar uma resposta sua. Talvez minha primeira carta nem tenha chegado ao destino. Ou talvez tenha. Não sei.

    Queria muito vê-lo. Queria sentir seu cheiro e olhar demoradamente seu rosto, um rosto que deve se parecer com o meu. Sei que sou como o senhor. Mamãe sempre me dizia isso. Venha, por favor. Venha o mais rápido que puder. Estou aqui lhe esperando, como nunca esperei ninguém.

    Despeço-me agora, pois estou sem forças para continuar a ditar esta carta. Aguardo-o ansiosamente.

Do seu filho convalescente,

NATANAEL

p.s: Juntei a esta carta a única fotografia que guardo de mim com mamãe. Tenho ali, creio eu, um ano de idade. Repare como eu e mamãe olhamos fixamente para a câmera do fotógrafo. Estou com os olhos exageradamente arregalados e ela, linda, com os cabelos presos num coque alto, parece triste. Os olhos dela não brilham e uma ruga corta-lhe a testa. Aos nossos pés, está Frida, a macaquinha que o senhor deixou conosco. Nossas roupas eram emprestadas, e o fundo, uma paisagem falsa.

OJE! ESTRÉA NO BRAZ!!!
RCO LILIPUTINIANO e CIDADE DOS ANÕES

Os espetaculos mais sensacionaes do anno para o Brasil!
Apoz o grande sucesso no Casino Antarctica,
*ANDE ESTRÉA — 4.ª-Feira dia 2 de Agosto — Hoje
Armado á RUA BARÃO DE LADARIO — ATRAZ DO
THEATRO COLOMBO — BRAZ
Anões — 16 Ponys — 26 casas minusculas formando
a mais original das cidades, para visita do publico
:ROBACIA — EQUITAÇÃO — BAILADOS — COMICI-
DADE — ORIGINALIDADE
Os melhores espetaculos para creanças.
FUNÇÕES DIARIAMENTE
)RARIOS: 1.ª sessão ás 19 horas — 2.ª sessão ás 20,45
5.ª-FEIRA — GRANDE VESPERAL ás 16 HORAS
— SABBADO — 2 VESPERAES: — ás 13.45 e 15.45 ——
EÇOS: — Frizas 25$000 — Cadeiras 4$000 — Creanças
2$300 — Archibancadas 2$300 — (imposto incluso)
BILHETES A' VENDA A PARTIR DAS 10 HORAS! —

ANO NOVO

O trem mal havia partido quando o tipo entrou na cabine de Opalka, exultando:
— Ah! Finalmente o encontrei! — exclamou com os dois braços abertos.

Opalka, que lia absorto o jornal, levou um susto com a aparição inesperada. O tipo, sem pedir licença, sentou-se novamente a seu lado.
— Esqueci de perguntar seu nome.

Sem dar tempo para uma resposta, levantou-se, parou à frente de Opalka e estendeu a mão direita.
— Eu me chamo Bopp. Muito prazer.

Opalka, com um suspiro, fechou o jornal, se pôs de pé e, apertando a mão de Bopp, respondeu:
— Eu sou Opalka. Prazer.

Bopp fez sinal com a mão para que Opalka retomasse seu lugar à janela. Opalka se sentou e Bopp se acomodou a seu lado, indagando sem qualquer cerimônia:
— Onde o senhor aprendeu português? Não é comum um polonês saber português. O senhor é polonês, não é?
— Sim, sou.
— Pois então, não é comum um polonês saber português. E o senhor fala muito bem a língua. Muito bem. O português não é uma língua difícil, mas também não é propriamente fácil. Ainda mais para um polonês. Há fonemas bem diferentes. Mas o senhor pronuncia tudo perfeitamente.

Opalka não respondeu. Apenas sorriu e inclinou levemente a cabeça em sinal de agradecimento. Depois, abriu novamente o jornal na esperança de voltar a lê-lo. Bopp ensaiou falar, mas percebeu que Opalka não estava prestando atenção. Chegou então mais perto. Seu ombro encostou no ombro de Opalka, que o olhou de esguelha. Curioso, Bopp espichou o pescoço para o lado, buscando ver a notícia que Opalka lia. Seu rosto ficou a poucos centímetros do rosto de Opalka, sua respiração incidia sobre a bochecha deste, que fazia de conta não estar sentindo nada, embora estivesse. Com Bopp em cima de si, Opalka não conseguia se concentrar na leitura, mas seguia fingindo que lia atentamente. Bopp abaixou a cabeça até perto do jornal, como se tivesse dificuldade para enxergar as pequenas letras impressas. Opalka revirou os olhos e suspirou fundo. Bopp se curvou ainda mais, interpondo-se quase que totalmente entre Opalka e o jornal. Opalka recuou o tronco, liberando espaço para a intromissão de Bopp.

– Não adianta! Não consigo entender polonês! – falou, num repente, Bopp, corrigindo a postura e encarando Opalka. – É difícil. É muito difícil. Infinitamente mais difícil que português ou alemão.

Opalka assentiu com um leve movimento de cabeça. Sacudiu o jornal e voltou a lê-lo. Bopp, sem saber o que fazer, passou a examinar Opalka. Observava-o tão atentamente que parecia estar contando as rugas de seu rosto. Em seguida, escrutinou todos os cantos da cabine, como se buscasse ali o lugar mais apropriado para esconder um tesouro. Levantou-se, foi até a janela e ficou um tempo em pé olhando para fora, para os campos que não tinham fim. Com o balanço do trem, seu quimono voejava suavemente por sobre o jornal de Opalka, que, irritado, revirava os olhos a cada vez que o tecido se sobrepunha ao texto que lia. Os dois permaneceram em silêncio por um bom tempo até que, de súbito, Bopp perguntou:

– Onde foi mesmo que o senhor aprendeu português?

Opalka respirou fundo e encarou Bopp, que continuava em pé à sua frente, quase em cima de si devido ao espaço reduzido da cabine.

– No Brasil – respondeu.

– No Brasil? Que interessante! – disse Bopp, todo sorridente, acrescentando, orgulhoso. – Eu sou de lá.

– Não me espanta – falou Opalka, circunspecto.

Sem dar muita atenção ao comentário de Opalka, Bopp emendou:

– Quando o senhor esteve no Brasil?

– Faz tempo – respondeu Opalka, lacônico, sacudindo o jornal como se quisesse desamassá-lo para retomar a leitura.

– Quanto tempo, exatamente?

– Muito tempo.

– Muito tempo quanto?

– Foi em mil novecentos, mil novecentos e pouco. O senhor não devia ser nascido.

– Faz tempo mesmo – concordou Bopp, que se manteve quieto por alguns segundos antes de acrescentar. – Eu nasci no início do século. Talvez eu já fosse nascido.

– Talvez – disse Opalka, tentando encerrar a conversa.

Bopp se sentou novamente ao lado de Opalka antes de continuar a falar.

– Acho que o senhor não reconheceria o país. Está muito mudado.

Opalka anuiu com um movimento de cabeça, abrindo mais uma vez o jornal. Bopp prosseguiu com o inquérito.
– E para onde o senhor está indo?
– Para o Brasil – respondeu Opalka, sem tirar os olhos do jornal.
Bopp sorriu.
– Que coincidência! Estávamos justamente a falar do Brasil. Tenho então um presente para lhe dar.
Bopp se levantou e saiu da cabine arrastando seu quimono de seda pelo chão. Opalka ergueu a cabeça e olhou ao redor. Estava de novo sozinho. Aproveitou para ler o jornal, conseguindo, enfim, virar a página. Mas a paz não durou muito tempo. Logo Bopp retornou com um livro marrom nas mãos, *The South American Handbook*. Feliz, estendeu-o a Opalka enquanto se abancava a seu lado.
– É seu. Para ir se inteirando sobre o Brasil e sobre a América Latina, se o senhor pretender esticar a viagem. Como lhe disse, o país mudou. É bem diferente daquele do início do século. Para que lugar do Brasil o senhor vai?
– Para a Amazônia, mas –
– Para a Amazônia? A floresta? De verdade? – perguntou Bopp, empolgado, interrompendo Opalka. – Eu estive lá! – disse-lhe ainda, levantando-se da poltrona e gesticulando muito. – Estive no meio da mata. Vivi lá. No meio da mata. Numa casa de madeira, dormindo numa rede feita de fibra de buriti. Conhece buriti? É uma palmeira de lá. De vez em quando – prosseguiu ele, controlando a empolgação e se acomodando de novo ao lado de Opalka –, quando estava muito quente, estendia minha rede entre as árvores e dormia debaixo do céu. Era quando ouvia os sons

mais esquisitos, mais indescritíveis. Há sons estranhos na floresta – falou, baixando a voz. – Principalmente à noite. Ouvem-se coisas inacreditáveis. Acho que há fantasmas por lá. Seres da mata. O senhor já conhece a Amazônia? Ninguém sai da mata igual a como entrou. Não mesmo. O homem, depois da experiência na selva, vira outro.

Bopp parou por um instante de falar. Olhou para longe como se lá no perder-de-vista da paisagem que se divisava desde a janela do trem estivessem escondidas as suas lembranças. Opalka, que havia fechado o jornal, não sabia se o abria novamente ou se esperava. Já havia percebido que Bopp não ficava calado por mais que alguns segundos. Olhou então para ele e, em seguida, para onde ele olhava.

– Agora me deu saudade – disse Bopp, voltando-se para Opalka. – Às vezes, quando acordo no meio da noite, sinto o cheiro da mata. Não interessa onde eu esteja, sinto o cheiro da mata. Mas a impressão passa logo. Dura muito pouco, o suficiente para me levar de volta à selva. Eu não sou de lá, mas sinto uma imensa falta da mata, daquelas terras do sem fim. Se eu pudesse escolher um lugar que fosse meu, só meu, escolheria a Amazônia. Escolheria minha rede entre as árvores, a rede feita das fibras do buriti.

Bopp fitou a janela antes de voltar a falar.

– Foi lá. Na mata. Entre as árvores. Foi justamente lá que a senhora apareceu. Eu estava deitado na minha rede, cochilando, quando a senhora chegou perto de mim, sem fazer barulho, sem pisar numa folha seca sequer. Sem pisar em nada. No maior silêncio. Não tinha ninguém. Só eu. Era o primeiro dia do ano, logo depois do almoço. Fazia sol e muito calor. Um calor infernal, abafado – Bopp fez uma pausa antes de continuar, agora olhando para Opalka, que o encarava, atento. – A senhora era bem pequena, não devia ter mais de um metro e meio de altura, muito magra e muito enrugada. Ela tinha os cabelos brancos, lisos e compridos, e uma espécie de barbicha no queixo: uma meia dúzia de pelos longos e grisalhos. Parecia ter uns cem anos. Usava uns óculos de grau muito grandes, quase do tamanho de seu rosto. Sua pele era dourada e brilhante. Talvez do suor. Ou de algum óleo que ela tivesse passado no corpo. Não sei de onde ela veio. Só a percebi quando estava à minha frente. Vestia-se como um homem. Trajava calças de marinheiro azul escuras e camisa branca larga e solta, que descia até os joelhos. Não usava chapéu. A brancura dos cabelos refletia a luz, o que os tornava ainda mais brancos. Ela chegou perto e me desejou feliz ano novo. Retribuí o cumprimento, e ela não se afastou. Ficou por ali, a princípio calada. Caminhou até uma árvore e arrancou os galhos secos e mortos que se achavam ao alcance de suas mãos. Depois, se aproximou novamente e me perguntou se eu era dali. Eu disse que não e ela indagou se eu estava viajando a passeio. Respondi que sim e então ela quis saber se eu costumava viajar. Disse de novo que sim. Falei que adoro viajar, que adoro conhecer lugares diferentes. Ela perguntou então por onde eu tinha andado. Quando lhe contei do Sul e da região de onde vinha, dos países vizinhos que visitei, do Norte, do Nordeste, das capitais onde vivi, dos lugares da Europa em que estive, ela estalou a língua no céu da boca e sacudiu a mão direita no ar, como se espantasse um mosquito próximo a seu rosto. Não, não, não, me disse ela. Viajar é ir para o Egito, para a Líbia, para a Turquia. O rapaz – emendou Bopp, afinando a voz numa tentativa de imitar o modo de falar da senhora – deveria procurar a Associação Cristã de Moços e viajar para lá. Para o Egito, para a Líbia, para a Turquia. Vá trabalhando. Consiga um emprego no navio. Pode ser de cozinheiro, faxineiro. Mas vá trabalhando. Assim o rapaz ganha dinheiro e pode ficar o tempo que quiser fora. Trabalhe lá fora também. Aproveite enquanto é jovem. Eu viajei muito, continuou ela. Conheci o Egito, a Líbia, a Turquia. Fiquei dois anos fora. Sempre trabalhando. Trabalhando e viajando. Mas preste atenção, me disse ela, por fim, com o dedo apontado para o meu nariz, é preciso voltar. Fique um ano, dois, três. Mas volte. Vá e volte. É preciso saber voltar.

Bopp se calou e baixou a cabeça. Depois de algum tempo, Opalka retomou a leitura do jornal. De vez em quando, olhava de soslaio para Bopp, que permanecia quieto. Este colocara as mãos sobre as coxas e alisava seu quimono como se fosse o lombo de um gato. Quando Opalka finalmente terminou de ler o jornal, espiou Bopp com o canto do olho. Ele permanecia surpreendentemente mudo e cabisbaixo. Opalka pegou o guia que tinha ganho. Passou a mão direita sobre a capa e o folheou distraidamente, parando numa ou noutra página que lhe chamava atenção. Vez ou outra olhava para o lado, para Bopp, que seguia em silêncio.

– Obrigado pelo guia – disse subitamente Opalka. – Mas não vou ao Brasil a passeio.

– Ah, não? – retrucou Bopp, saindo de seu ensimesmamento. – Mas pode ficar com ele mesmo assim. Pode ser que o senhor tenha alguma folga no trabalho e queira dar uma volta.

– Tampouco vou ao Brasil a trabalho.

– Ah, não? Então – Bopp deu um sorrisinho e piscou o olho para Opalka – vai ver o sapo-cururu? Ah, não há como resistir ao sapo-cururu.

42

– Não. Desta vez, não. Atrás do sapo-cururu, eu fui na outra viagem, quando era jovem, mais jovem que o senhor.
– Então o senhor está voltando à Amazônia?
– Sim.
– Mas, desculpe-me a curiosidade e a indiscrição, se não é a passeio, nem a trabalho, nem para ver o sapo-cururu, por que então o senhor vai para lá?
– Para ver – Opalka hesitou antes de completar – o meu filho.
– Seu filho mora na Amazônia? – perguntou Bopp, recuperando a empolgação.
– Sim.
– O que ele faz?
– Não sei.
– O senhor quer dizer que não sabe como falá-lo em português?
– Não. Quero dizer que não sei mesmo.
– Como o senhor não sabe o que faz seu filho? – indagou Bopp, com um sorriso no rosto.
– Eu não sabia que tinha um filho – respondeu, seco, Opalka.

Bopp se calou. Naquele mesmo momento se deu conta de como era difícil fechar um sorriso. Opalka baixou a cabeça e pegou novamente o guia. Bopp olhou para o companheiro de viagem sem dizer palavra. Opalka passava novamente a mão sobre a capa do guia antes de abri-lo. Pulou os anúncios das páginas iniciais e começou a ler o prefácio, que fazia um autoelogio: "Este livro não é apenas um completo guia de informações para o homem de negócios, mas também um amigo indispensável para o viajante". Bopp conhecia aquele guia de cor, não precisava lê-lo por cima do ombro de Opalka. Por isso, voltou a se ocupar com a paisagem. Os campos pareciam ser sempre os mesmos. Os mesmos animais. As mesmas poucas e pequenas casas. As mesmas pessoas. Bopp se lembrou de que, quando era pequeno e o levavam a viajar de trem, seu pai o fazia contar as vacas que via no pasto. Isso o entretinha a viagem toda. Mas também o angustiava, porque ele não conseguia enumerar todas e se perdia na soma. Era só terminar de contar as que estavam mais próximas à linha do trem que já perdia de vista as que ficavam em segundo plano. Se começava a contagem pelas do fundo, não obtinha melhor resultado: quando chegava às da frente, a frente não era mais a mesma. A paisagem mudara. O trem já tinha andado e deixado aquelas vacas para trás. Então ele se desesperava. Queria recomeçar do zero, mas não era mais possível, não tinha como fazer o trem voltar. Quando se perdia mais de uma vez, quando se perdia duas ou três vezes, ele, que até aquele instante ria com seu riso livre de menino, se botava a chorar. Chorava alto porque não sabia mais por quantas vacas tinha passado e queria provar ao pai que era capaz de contar todas as vacas que visse na estrada. Mas nunca conseguia. Nessas horas, seu pai sorria e o abraçava apertado. Dizia para fingirem que a viagem começava naquele ponto em que estavam e propunha que os dois reiniciassem juntos a contagem das vacas. Quando eles se perdiam ou quando não eram rápidos o bastante para contar todas, os dois riam, Bopp chorava de tanto rir, e, quando davam por si, já tinham chegado ao destino.

Bopp se virou para Opalka e, com um sorriso no rosto, anunciou.

– Eu vou junto. Vou voltar ao Brasil com o senhor. Vamos juntos à Amazônia ver seu filho.

É difícil fazer as pessoas entenderem que é possível viajar com o máximo de conforto e segurança nas áreas mais desenvolvidas do continente sul-americano. Os serviços ao longo das rotas mais frequentadas são tão bem organizados quanto os da Europa. Há hotéis de primeira classe em todas as principais cidades, decorados com o costumeiro refinamento moderno. As viagens à vapor, por trem ou avião podem ser tão luxuosas na América Latina quanto em qualquer outro lugar no mundo. Mesmo ao longo das rotas menos conhecidas, os eventuais toques primitivos servem para acentuar o prazer do visitante e não para interferir em seu conforto.

VAI, PRISCILA, DANÇA A TARANTELA

Já amanhecera. Bopp se mudara com suas quatro malas para a cabine de Opalka. Além dos dois, havia um russo de cerca de quarenta anos, cabeça grande, cabelo ralo, olhos claros, bochechas rosadas e uma barriga enorme. Passara a noite toda acordado, olhando pela janela. Subira no trem no início da noite, numa cidadezinha pequena e escura, carregando apenas uma grande trouxa de algodão grosso, que colocara no chão, próxima a seus pés. Não usava terno, apenas uma calça marrom e uma camisa que algum dia fora branca com os punhos surrados e a gola encardida e amarelada. Entrara na cabine sem dizer palavra, nem um cumprimento, nem um aceno de cabeça. Bopp tentou entabular conversa, mas foi em vão. Não houve caderninho preto que pudesse ajudar: o russo só falava russo, e essa era uma das poucas línguas em que Bopp não se arriscava. Sem se dar por vencido, Bopp apelou para a mímica. Levantou-se, bateu levemente com as duas mãos no peito e pronunciou pausadamente o seu nome. Como o russo não reagia, Bopp repetiu o gesto e falou mais alto, quase aos gritos, escandindo as palavras:

– Eu sou Bopp.

O russo olhou para ele de lado, sério, sem piscar. Bopp insistiu mais uma vez. O russo então o encarou, apontou para ele e, na sequência, passou o dedo indicador da mão direita, na horizontal, sobre o próprio pescoço. Bopp ia repetir a pantomima quando foi detido por Opalka que, segurando-o pelo braço, lhe pediu por favor que deixasse o homem em paz. Bopp se sentou ao lado de Opalka, cruzou os braços e fechou a cara. Estava visivelmente contrariado. Opalka se recostou na poltrona e cerrou os olhos. O russo, por sua vez, virou-se para a janela e tentou abri-la. Bopp se levantou e parou na frente do russo, agitando o indicador direito para um lado e para o outro em sinal negativo.

– Ela não abre – disse em português.

O russo o ignorou e continuou tentando abrir a janela, que não cedia.

– Ela não abre! – repetiu Bopp, num tom mais alto. – Não está vendo que está emperrada?

O russo se ergueu e agarrou a janela com as duas mãos, forçando-a. Bopp se aproximou dele e repetiu alto e bem devagar.

– Ela não abre.

O russo se fez de surdo e virou de costas para a janela, buscando empurrá-la com os ombros, as nádegas encostadas no parapeito. Bopp chegou ainda mais perto dele e tocou de leve seu braço para impedi-lo de quebrar o vidro, coisa que, acreditava, iria acontecer em breve se o russo não parasse imediatamente com aquela demonstração de irracionalidade. Com um safanão, o russo se desvencilhou da mão de Bopp e se botou a gritar em sua língua materna. Berrava frases longas e incompreensíveis que só eram interrompidas para que, com as duas mãos na cintura, pudesse botar a língua para Bopp, enquanto girava levemente a cabeça para os lados. Bopp se enfezou e começou a gritar também, chamando o russo de retardado, idiota e cagalhão. O russo, que

já estava com o rosto vermelho de tanta raiva, continuava a botar a língua para Bopp nos intervalos de sua berraçada. De repente, parou de esbravejar para, com as duas mãos no vidro, forçar mais um pouco a janela na tentativa inútil de abri-la. Bopp se enfureceu.
– Ela não abre, seu idiota! Será que é tão difícil perceber isso?
O russo se virou para Bopp e voltou a gritar outras tantas frases longas e incompreensíveis. Depois, começou a fazer caretas, arregalando os olhos, apoiando os polegares nas têmporas e, com as mãos espalmadas, sacudindo os outros dedos para baixo. Bopp girava os indicadores em torno das orelhas ao mesmo tempo em que dizia que o russo era uma florzinha que estava louca para desabrochar, que queria que o seu botãozinho fosse logo rebentado, arreganhado com os dentes por outro russo vermelho e gordo como ele. O russo voltou a berrar coisas em russo enquanto agitava os dedos apoiados nas têmporas. Bopp, que havia se afastado, voltou a se aproximar e ia lhe dar um tapão quando foi impedido por Opalka que, de súbito, se levantou e se interpôs entre os dois.
– Parem já com isso! Vocês parecem duas crianças mal-educadas! Sentem-se!
Como dois colegiais pegos em pleno delito, Bopp e o russo se sentaram. Bopp chamou o russo uma última vez de cagalhão e se calou. O russo botou a língua para Bopp e se virou para a janela, encostando a cabeça no vidro e olhando para uma sucessão de campos negros e indiscerníveis. Assim ficou, esmagando por vezes um ou outro inseto que cruzava à sua frente, até que uma moça irrompeu na cabine, horas e horas depois, quando já era dia.

49

– Dão licença? – disse ela timidamente em italiano, num tom de voz baixo e delicado. Opalka roncava com a cabeça caída para trás e Bopp, que dormia recostado no ombro dele, acordou imediatamente e se ergueu para cumprimentá-la com uma sutil inclinação de cabeça. Opalka continuou dormindo pesado. O russo apenas tirou os olhos da janela e examinou a recém-chegada de cima a baixo, sem dizer palavra. Ela era alta, magra, com bochechas rosadas e salientes. Usava um vestido de algodão branco, de mangas curtas, que seguia em evasê até um palmo abaixo do joelho. Uma faixa vermelha amarrada com um laço do lado esquerdo marcava a cintura. Nos pés, sapatos pretos um tanto desgastados no bico e no salto. Um chapéu rosado fora de moda, em formato de capacete, cobria-lhe parte da abundante cabeleira castanha e crespa. Na mão, trazia uma bolsinha tipo saco, toda bordada com florzinhas, que poderia muito bem ter pertencido à sua avó. Junto à bolsa, dentro de uma sacola feita de crochê, carregava um pote de vidro de uns vinte e cinco centímetros de altura e dez de diâmetro. Bopp lhe estendeu a mão e se apresentou, em italiano.

– Eu sou Bopp. Muito prazer.

Ela sorriu e mal tocou as pontas dos dedos dele num aperto de mão frouxo.

– Antonini. Priscila Antonini. Prazer.

Bopp beijou de leve os dedos brancos da moça, cujas bochechas ficaram ainda mais rosadas. Ela recolheu a mão depressa e se sentou ao lado do russo, que ficou olhando fixo para ela. Quando ela finalmente lhe devolveu o olhar, ele a encarou e passou bem devagar a língua nos lábios superiores. Priscila fez cara de nojo e se afastou dele o que pôde. Bopp revirou os olhos, suspirou fundo e resmungou:

– Russo desgraçado. Está louco para levar uma sova.
– O que o senhor disse? – perguntou Priscila, julgando que Bopp estivesse falando com ela.
– Nada não. Coisa minha. A senhorita não ligue.

Priscila ajeitou no colo a bolsa e a sacola com o pote de vidro. Olhou discretamente para o lado e viu que o russo ainda a encarava. Agora, estava com o joelho esquerdo dobrado sobre o banco e o corpo todo voltado para ela, com a língua completamente de fora e os olhos arregalados. Priscila abaixou a cabeça e começou a mexer os lábios, mas sem pronunciar palavra. Falava consigo mesma. Talvez rezasse. Bopp tentou restabelecer contato, mas ela o ignorava. Estava com o olhar fixo no chão. Enquanto mexia os lábios, brincava de enroscar a diminuta alça da bolsinha em torno dos dedos. De vez em quando, sorria. No momento seguinte, se tornava séria e parava de se distrair com a alça da bolsa. De repente, ficou quieta. Abaixou a cabeça e se pôs a chorar baixinho. Emitia um som parecido com o ganido de um cão. Bopp, que não deixava um segundo de cuidar a moça, se agitou na poltrona. Virou para um lado, para o outro, como se buscasse uma posição melhor. Olhou para Opalka, que continuava dormindo. O russo, fazendo uma careta de desdém, encostou de novo o cabeção na janela. Priscila fungava e as lágrimas começaram a rolar por seu rosto. Bopp se levantou e chegou a se curvar para sentar-se ao lado da moça, mas desistiu no meio do caminho e retornou para seu assento.

– Senhorita Priscila – chamou ele.

Ela não respondeu. Chorava agora mais alto. Os soluços sacudiam seu corpo. Com o barulho do choro, Opalka despertou. Aprumou-se e, vendo Priscila naquele estado, voltou-se para Bopp, franzindo a testa. Bopp, em resposta, levantou as palmas das mãos para cima e encolheu os ombros. Priscila seguia chorando de cabeça baixa. Seu corpo estremecia todo e seu rosto estava inchado e completamente molhado e vermelho. Ela pegou a sacola de crochê e a levou em direção ao rosto para enxugá-lo. Não percebeu, no entanto, que a abertura da sacola estava voltada para baixo. Quando a ergueu, o pote de vidro escorregou de dentro e caiu no chão, quebrando em quatro grandes partes. Priscila parou imediatamente de chorar e se pôs rapidamente em pé.

– Maria Antonieta! – berrou ela com as mãos em torno da cabeça.

Em seguida, se ajoelhou no chão e procurou embaixo dos bancos e nos quatro cantos da cabine. Bopp olhou para Opalka e franziu a testa. O russo esticou o pescoço para a frente, fitou o chão por alguns segundos e, não vendo nada além dos cacos de vidro, voltou a observar a paisagem. Bopp então se agachou ao lado de Priscila, que continuava a chamar desesperadamente por Maria Antonieta, recolheu os quatro pedaços de vidro e os juntou de modo a buscar reconstituir o pote. Mas não teve sucesso: era preciso cola para unir os cacos. Priscila passava a mão de mansinho pelo chão, alisando-o e chamando sempre por Maria Antonieta. Bopp se aproximou de Priscila e lhe perguntou quem era Maria Antonieta. Ela parou de procurar por um instante, encarou Bopp e, de joelhos, se agarrou com as duas mãos a seu quimono de seda estampado. Ao fazer isso, viu uma grande marca vermelha em seu polegar direito.

– Ela me mordeu! – gritou, levantando-se de súbito, envolvendo a mão direita com a esquerda para protegê-la.
– Maria Antonieta me mordeu! É o meu fim.

Bopp também ficou de pé e Opalka o imitou. Priscila mostrou a mão machucada para os dois e disse, voltando a chorar.

– Foi a Maria Antonieta que me mordeu. Ela sempre me morde. Por isso a levo trancada neste pote de vidro – disse, apoderando-se dos cacos que estavam com Bopp e apertando-os tão forte entre as mãos que eles acabaram rasgando sua pele e fazendo-a sangrar muito.

– Mas o vidro não estava vazio? – perguntou Bopp, sem ser ouvido.

– E quando ela me morde – continuou Priscila, arregalando os olhos e chegando tão próximo a Bopp e Opalka que era possível sentir seu hálito –, eu viro aranha.

Ela então, num repente, atirou os cacos com violência na direção da janela, quase acertando o russo, e, em seguida, caiu no chão. Lá ficou, imóvel, durante alguns minutos, como se estivesse desmaiada. Bopp se acocorou a seu lado e colocou a mão diante de seu nariz. Ela respirava, e isso o aliviou. Passou a mão em frente a seus olhos, mas ela não esboçou reação. Tocou seu braço e deu uma leve balançada. Ela tampouco reagiu. Bopp segurou os ombros de Priscila e sacudiu-a delicadamente. Ela abriu os olhos e pediu com um fio de voz que eles encontrassem Maria Antonieta. Ela podia estar em qualquer parte daquele trem. Era preciso ser ágil para que ela não escapasse pelas janelas.

– Vasculhem com atenção o carro-restaurante – acrescentou Priscila. – Maria Antonieta não resiste a uma migalha de sonho.

Dito isto, Priscila fechou os olhos e começou a balançar o corpo. Estremecia toda no chão, elevando o tronco para o alto e baixando em movimentos rápidos e compassados.

Virou de bruços, com os braços e as pernas abertas, e passou a assoviar, marcando o ritmo da música com o bater dos pés e das mãos no chão. Bopp e Opalka, em pé num canto da cabine, acompanhavam, atônitos, a agitação de Priscila. Ela ergueu o tronco, mas permaneceu com as mãos no chão e as pernas um tanto flexionadas, e assim saiu andando pelo vagão, de quatro, deixando um rastro de sangue. Bopp e Opalka foram atrás. Já o russo permaneceu na janela. Priscila se levantou, arremessou longe o chapéu em forma de capacete e se pôs a saltitar, sempre assoviando, com os fartos cabelos crespos cobrindo boa parte de seu rosto. Correu, pulando ora num pé, ora no outro, em direção ao carro-restaurante. Bopp segurou o braço de Opalka e os dois seguiram Priscila. Às pessoas que encontrava pelo caminho, Bopp pedia encarecidamente que os ajudassem a recuperar Maria Antonieta, embora confessasse que não sabia quem ou o que era Maria Antonieta. As únicas coisas de que tinha certeza eram que ela mordia e cabia num pote de vidro de cerca de vinte e cinco centímetros de altura e dez de diâmetro. Bopp falava em alemão e Opalka traduzia para o polonês. Explicava que a moça que dançava pelos corredores havia ficado naquele estado depois de descobrir que estava sem sua Maria Antonieta e que precisava dela para voltar ao normal. Muitos se comoveram com a história e se prontificaram a cooperar, mesmo sem ter segurança sobre o que exatamente deviam procurar. Alguns se armaram de copos e caixas. Outros levaram consigo pedaços de pano e barbantes. Bopp não deixou que um menino avançasse armado com a bengala do avô. O ideal era que Maria Antonieta fosse capturada viva. Quando Priscila chegou ao carro-restaurante, uma pequena multidão vinha em sua cola. Ela agora girava com os braços abertos, descabelada e saltitante. A um sinal de Bopp, todos se agacharam e começaram a escarafunchar cada canto daquele vagão, revirando mesas e cadeiras, tirando tudo do lugar. Muitos copos e pratos foram quebrados sem querer. Era gente demais para um vagão tão pequeno. E Priscila ainda rodava pelos cantos ao ritmo da música que assoviava. De repente, caiu no chão e rolou para os lados, batendo em mesas, cadeiras e corpos. Derrubou uma senhora de uns sessenta anos que procurava por Maria Antonieta junto a um vaso de flores e atropelou uma menina que tentava capturar uma mosca varejeira. Priscila se levantou e girou mais um pouco com os braços abertos até tombar de novo. De bruços, agitava as pernas e os braços. Enquanto isso, uma pequena multidão, liderada por Bopp, se empenhava na busca por Maria Antonieta. Mas, como não sabiam ao certo a natureza de Maria Antonieta, não podiam afirmar se a tinham encontrado ou não. Na busca, eles acharam três botões vermelhos, dois azuis, um marrom, quatro cor de pérola, uma vela de sete dias pela metade, um vasinho de flores quebrado, um macaquinho de porcelana sem cabeça, uma echarpe, um lenço usado, dobrado e recheado de ranho já duro, três pentes, uma escova de dentes, uma presilha de cabelo, um comprimido azul e três brancos, uma fatia embolorada de torta de chocolate, cascas secas de laranja, amendoim, um ovo podre, cinco anéis, dois brincos, um colar de pedras verdes, duas pulseiras de prata, um colar de miçangas, um pedaço de breu, um cadarço escuro, uma tesoura de costura, uma peça de dominó, sete bilhetes de trem, dezenove moedas de três países diferentes, um canivete, um tubo de lubrificante, um rato morto, trinta e sete bitucas de cigarro, um cachimbo quebrado, um pince-nez com cabo de tartaruga, três parafusos, duas porcas, uma cabeça de boneca sem os olhos, uma antena de rádio, duas balas amarelas, nacos apodrecidos de carne ao molho vermelho, uma batata mofada, uma espinha de peixe, uma minhoca viva, uma roda de carrinho de criança, trinta centímetros de barbante, uma mola, um fragmento de régua, um chumaço de algodão sujo de sangue, um garfo, uma colher de sopa, um postal com a imagem da sala de fumantes de um navio luxuoso, um sapatinho rosa de bebê, um dente de ouro, uma garrafa de vodca, um cotoco de lápis, uma gravata cinza, um molho de chaves, um tinteiro vazio, um par de algemas, um guia de viagem ao Oriente, uma capa de livro rasgada, a haste de um binóculo de teatro, uma peça de engrenagem, um ralo, um terço, uma imagem da Virgem Maria, um retrato de uma mulher com uma criança pequena, uma chave de fenda, um retalho de renda, um rei, um cavalo e uma rainha de xadrez, mas cada um de um conjunto diferente. As pessoas iam depositando todos esses objetos em torno de Priscila, que não parava de se sacudir no chão. Um muro de coisas foi se erguendo ao redor dela, isolando-a dos outros passageiros. Com o tempo, as pessoas foram se cansando de procurar Maria Antonieta. Tinham esquadrinhado cada partezinha não só do carro-restaurante como também dos outros vagões do trem, e recolhido tudo o que fora perdido ou simplesmente deixado para trás. Exaustos, foram, aos poucos, voltando para seus lugares. Alguns iam cabisbaixos, com ar desolado. Outros irritados, chutando as paredes. Quando o trem parou na estação final, Priscila não se agitava mais. Ainda estava deitada, mas imóvel, de bruços, com os braços esticados para a frente e o nariz colado ao chão. Não fez menção de se levantar. As pessoas partiam sem olhar para trás. Bopp se curvou até Priscila, apertou sua mão direita e perguntou se ela precisava de ajuda. Mas não obteve resposta. Repetiu a pergunta. Desta vez, num tom mais alto. Nada. Tentou erguê-la, segurando-a pelas axilas, mas ela não se firmava em pé. Foi quando entrou um sujeito bem apessoado no vagão. Embora fosse verão e estivesse surpreendentemente quente naquela região da Europa, ele vestia terno risca de giz, sapato bicolor e chapéu escuro. Vinha acompanhado de dois outros homens, não tão elegantes quanto ele, mas vestidos da mesma maneira.

– Largue-a – ordenou o sujeito a Bopp.

Bopp olhou desconfiado para o sujeito e hesitou um instante antes de deitar Priscila novamente no chão, com o nariz voltado para baixo. Depositou nas suas costas o chapéu com formato de capacete e a bolsinha tipo saco que guardara consigo durante a dança demencial da moça. O sujeito se aproximou dela e a pegou no colo. Em silêncio, sem olhar para quem quer que fosse, desceu do vagão. Quando os dois passaram, Bopp lhes deu adeus e Opalka inclinou a cabeça em sinal de despedida. Depois, estes recolheram seus pertences e desceram. O último a sair do trem foi o russo, que, na estação, depois de se certificar de que todos já haviam ido embora, tirou do bolso direito da calça uma aranha grande, peluda, com as patas listradas de laranja e preto, e a depôs no alto de seu ombro esquerdo, em cima da trouxa de algodão grosso que carregava nas costas. Pegou, no outro bolso, uma caixinha esmaltada, abriu-a e tirou de dentro dela um mosquito morto. Deu o inseto para a aranha, que o engoliu de uma vez. Apanhou, no mesmo bolso, papel e tabaco, enrolou um cigarro e saiu fazendo círculos de fumaça no ar, enquanto cantarolava a tarantela.

Caro Natanael,

quando esta carta chegar a seu destino, já estarei a caminho do Brasil. Agradeço o envio da passagem, mas preferi viajar às minhas próprias expensas. Não me sentiria confortável em gastar seu dinheiro num momento tão delicado. Levo comigo o valor da tarifa para devolvê-lo. Desculpe-me por ser tão breve. Escrevo-lhe rapidamente apenas para comunicar que parti. Não sou ainda capaz de expressar o sentimento que tive ao receber sua inesperada missiva. Logo, encontrar-nos-emos e poderemos falar sobre tudo o que lhe aprouver. Suponho que tenha muitas perguntas a fazer-me.

Considere-se abraçado por mim,

OPALKA

| NÃO HÁ NECESSIDADE DE LEVAR ARMAS DE QUALQUER TIPO.
| NEM MESMO AS DE FOGO.
| ALIÁS, CONVÉM EVITÁ-LAS.

Bopp é livre como uma flecha disparada de um arco. Já rodou o mundo. Tomou sol. Fincou espinho no pé. Montou a cavalo, remou, bebeu chimarrão, comeu paçoca e viu jacarés de bocas abertas, serrilhadas como o perfil de uma fábrica. Bopp não para. Tem bicho-carpinteiro no corpo. Nos dois dias em que tivemos que ficar na estalagem esperando a partida do navio, ele desapareceu. Ninguém tinha notícias suas. Achei que havia desistido da viagem. Mas, na hora do embarque, já fechado o bagageiro, eis que Bopp despontou numa curva do porto, descabelado e descomposto, gritando e correndo e tropeçando nas suas infindáveis malas. As pernas curtinhas não colaboravam com aquela corrida desvairada. Chegou esbaforido ao convés e, sem dar tempo para recuperar o fôlego, foi logo despejando uma história em que era difícil acreditar. Mal se acomodara na estalagem, ouvira um som vindo da rua. Parecia música, mas era diferente de tudo que escutara até então. Lembrava vagamente sons com que tivera contato na Amazônia. Pensou que seria semelhante àquilo um jazz tocado pelos Waimiri Atroari. Selvagem, violento e, ao mesmo tempo, sedutor. Bopp desceu, claro. Só pensava em ir atrás do som. Na porta da estalagem, parou, fechou os olhos e apurou os ouvidos para identificar de onde provinha a música que, ali fora, se misturava ao rumor da cidade. Deu uma volta no prédio e seguiu pela ruela que ficava diante da janela de seu quarto. Ali, a música estava mais alta, mas ainda distante. Seguiu célere em sua direção. No final da ruela, a música soava mais baixa. Bopp não sabia para onde ir. Buscou se concentrar para reconhecer o lugar do qual ela vinha. Depois de um instante, não tinha mais dúvida. A música saía da rua à esquerda. Tão logo dobrou, já a ouviu mais alta, porém ainda afastada. A rua era longa e Bopp se apressou. Precisava alcançar o som. Mas este escapava. Primeiro ficava fraco, depois sumia. Bopp acelerava e voltava a escutá-lo. Urros agora acompanhavam a música. Bopp queria ouvir mais. Mas a música continuava a se deslocar pela rua. Bopp então correu. Julgou ver, ao longe, cinco rapazes cabeludos carregando instrumentos musicais. Vestiam calças e camisas pretas com paletós lilases por cima de tudo. No escuro, a cor berrante do paletó sobre a roupa negra fazia com que eles se assemelhassem a flores gigantes que, libertas do buquê, pairassem soltas no ar. Os rapazes se saracoteavam enquanto tocavam, numa dança ainda mais insana que a música. Rebolavam a cintura e jogavam as pernas para a frente. Levantavam os instrumentos para o alto e davam saltinhos. Por vezes, se jogavam no chão e deslizavam sobre os paralelepípedos, e essa dança, tivesse um nome, pensou, poderia ser kinkiliba. (Não sabia de onde lhe chegaram tal pensamento e tal nome.) Bopp continuou a correr. Os rapazes sumiram por uma rua transversal. Bopp foi atrás. Assim que virou a rua, já não viu ou ouviu o que quer que fosse. O repentino silêncio o deixou preocupado. Olhou para os lados e nada. Continuou a andar. Caminhou uns duzentos metros à frente antes de voltar a escutar aquela estranha música. Acelerou o passo. Lá no fim estavam os rapazes. Os cinco, que depois viraram quatro, percorriam as ruelas sujas do bairro. Andavam por tudo, cantando e dançando. Bopp os seguiu noite adentro, sem nunca conseguir chegar perto deles, o que o angustiava. Queria poder dançar também, rebolar e jogar as pernas para a frente, mas se parasse para fazê-lo os perderia de vista. Resignou-se a acompanhá-los de longe. Acompanhou-os até o infinito, até as prostitutas se recolherem e as lojinhas começarem a abrir, até o sol se pôr e voltar a ser noite e as lojas fecharem e as prostitutas saírem às ruas, até o sol nascer de novo, as prostitutas voltarem para suas casas e as lojas levantarem outra vez suas portas e não ser mais possível ouvir a música. Eles pareciam fantasmas, me disse Bopp. Mas não fantasmas do passado, acrescentou depois de uma pausa, e, sim, fantasmas que tivessem vindo do futuro.

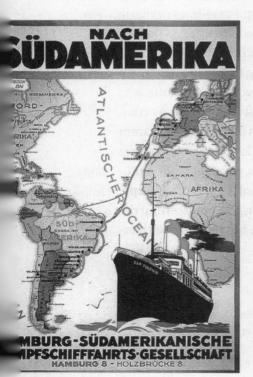

REMA, REMA, REMA

Depois do primeiro jantar a bordo, quando o tédio ainda não tinha se instalado no navio e as pessoas mal se conheciam, cumprimentando-se apenas por educação, longe portanto das futuras e previsíveis efusões de amizade, Bopp foi até o convés e, com os cotovelos apoiados na amurada, cantarolou baixinho defronte à espreguiçadeira em que Opalka cochilava, olhando para o horizonte:

> Row, row, row your boat,
> Gently down the stream.
> Merrily, merrily, merrily, merrily,
> Life is but a dream.

Repetiu a canção duas vezes e parou. Virou-se completamente para o mar e ficou a assoviar a melodia. Uma senhora baixinha e fornida que estava sentada à esquerda de Opalka, a duas espreguiçadeiras de distância, começou a cantá-la com um marcado sotaque espanhol:

> Row, row, row your boat,
> Gently down the stream.
> Merrily, merrily, merrily, merrily,
> Life is but a dream.

Um senhor que se achava em pé, encostado à amurada, a uns dez metros de Bopp, logo fez coro. Sua esposa, uma senhora alta e vistosa, a quem dava a mão, o imitou. Animado, Bopp se voltou para eles e se pôs novamente a cantar. Não demorou para que as meninas que faziam companhia à senhora fornida – muito jovens para serem suas filhas e muito velhas para serem suas netas – se juntassem, entre risos, aos outros. Com a cantoria, Opalka acordou. Um homem de seus quarenta anos, alto, magro, de rosto anguloso e cabelo desalinhado, se aproximou do grupo cantando. Seu companheiro, um loiro tão alto quanto ele, mas mais corpulento e de olhar assustado, não ficou atrás. Só Opalka permanecia calado, mas com um quase sorriso no rosto. Bopp, como um maestro, regeu a cantoria. Queria criar uma confusão de vozes, como as crianças costumavam fazer quando entoavam essa cantiga. Apontou para a senhora fornida, que começou a cantar. Quando ela chegou ao segundo verso, as meninas principiaram a música desde o início, enquanto a senhora fornida seguia adiante. Quando as meninas disseram o segundo verso, o casal da amurada iniciou a música. A senhora fornida já entoava o quarto e último verso quando os homens altos entraram no coro. E assim continuaram, intercalados, até que, como sempre acontecia nessa brincadeira, sem ninguém perceber, estavam todos cantando o mesmo trecho.

Merrily, merrily, merrily, merrily,
Life is but a dream.

DOPPELSCHRAUBEN-MOTORSCHIFF
„MONTE SARMIENTO"
III. KLASSE (KAMMERN U. WOHNDECK)

Speisenfolge

Frühstück
Kaffee mit Milch und Zucker
Schwarzbrot, Hamburger Rundstücke
Gekochte Eier

Mittagessen
Bohnensuppe
Schweinsbraten, Bayrisch Kraut, Kartoffeln
Reispudding, Aprikosentunke

Nachmittags
Schokolade
Gefüllte Streifen

Abendessen
Gebratene Kalbsleber mit Bechamelkartoffeln
Grau- und Weißbrot
Zungenwurst
Tee mit Zucker

Für Kinder
Warme Milch durch Schwester Ruth im Genesungs
raum vormittags 7,30—8 Uhr, nachm. 3,30—4 Uh

| O ALMOÇO É SERVIDO ENTRE AS 11 E AS 13,
E O JANTAR DAS 18 ÀS 21,
COMO EM CASA.

| O CHÁ DA TARDE,
FEITO COMO DEVE SER FEITO,
PODE SER ENCONTRADO EM TODAS AS PRINCIPAIS CIDADES.

| BEBIDAS ALCOÓLICAS DEVEM SER
RIGOROSAMENTE EVITADAS
ATÉ QUE O SOL SE PONHA.

É ACONSELHÁVEL NÃO BEBER A ÁGUA DOS PAÍSES SUL-AMERICANOS.
NÃO QUE ELA SEJA INVARIAVELMENTE RUIM.
MAS PODE SER.

MEUS AMIGOS NO NAVIO

Bopp anotou num de seus caderninhos pretos:

DONA OLIVA. Andaluza. Enviuvou do marido muito cedo. Vive de suas posses. Não tem filhos. Não tem amantes. Possui um casarão no Brasil, na capital federal, bem perto do palácio do governo. Mas não está indo direto para lá. Quer antes mostrar a floresta para as sobrinhas. Espera encontrar onças. Não suporta geleia de cereja. Tem pavor de barata.

AS OLIVINHAS. Andaluzas. Sobrinhas de Dona Oliva. Solteiras e deliciosas. Nunca lembro seus nomes. Estão sempre de braços dados, como se fossem gêmeas siamesas. São muito parecidas, embora uma delas tenha as panturrilhas mais roliças que a outra. Fico imaginando como será a perna toda. Grossa como uma tora? Tomara. Adoro coxa farta. As duas não resistem a uma sopa de ervilhas e a um elogio bem dado. Acho que estão de flerte comigo.

SENHOR E SENHORA ANDRADE. Brasileiros. Paulistas. Foram reis do café. Não são mais. Perderam boa parte de suas fortunas com a crise. Costumavam viajar só na primeira classe, mas agora tiveram que se contentar com a categoria turística. Sentem-se deslocados. Nas tardes ensolaradas, a senhora Andrade gosta de pintar ao ar livre.

O senhor Andrade faz versos. Ele queria que servissem rãs todos os dias no almoço, mas o cozinheiro não atende a seu pedido.

CURTO CHIVITO. Uruguaio. Corre o mundo surrupiando pequenos objetos dos navios nos quais navega. Recolhe talheres, pratos, copos, enfeites, cinzeiros, guardanapos, menus, postais. Tudo o que encontra e que chama a sua atenção. Para ele, não se trata de roubo, mas de apropriação. Pretende montar o Museu do Homem em Trânsito num puxadinho que está construindo no quintal de sua casa, na estrada entre Montevidéu e Colônia do Sacramento. Aposta no desenvolvimento da indústria do turismo. O futuro é dos viajantes, diz ele.

HANS. Alemão. Amigo íntimo de Curto Chivito. Conhece-o faz tempo. Fala pouco. Come pouco. Mas bebe um bocado. Anda sempre com uma garrafinha cheia de Steinhäger no bolso interno do blazer, perto do coração. Dada a atual situação de seu país, decidiu ir embora. Aceitou o convite de Curto Chivito para viver no Uruguai e juntos tocarem o museu. No futuro, talvez se casem.

OPALKA. Polonês. Quieto. Discreto. É meu melhor amigo desde o trem. Gosto dele como se deveria gostar de um pai. Vai ao Brasil para encontrar um filho que não sabia ter. Eu queria saber rezar para pedir a algum deus, todo dia antes de dormir, que ele ache seu filho com saúde.

É preciso que não se lancem suspeitas de ridículo à ideia de que criaturas do planeta Marte hajam visitado a Terra. Certo, os escritos de H. G. Wells nada provam, nesse sentido. Mas houve sábios, sérios e realistas, que não se deram a pena de oferecer o resultado de suas pesquisas ao público, e que descobriram dados concretos capazes de reforçar a hipótese da possibilidade da visita de marcianos ao nosso globo. Não somente as criaturas de outro planeta devem ter aparecido na Terra; parece que conseguiram, igualmente, produzir o grande dilúvio de que fala a Bíblia.

TALVEZ POSSAMOS OUVI-LA

Ninguém lembrava mais quem entrara arfante na sala de jantar gritando que havia uma sereia lá fora. Nem em que língua o anúncio fora feito. Mas não havia como esquecer o rebuliço que a notícia provocara. Mesmo sem terem terminado suas refeições, todos se levantaram de suas mesas e se puseram a falar ao mesmo tempo. As mulheres tentaram conter os maridos, algumas em prantos. Não queriam que eles fossem levados pelo canto da sereia. Mas não adiantou. Os homens foram os primeiros a debandar e, entre eles, o mais afoito era o senhor Andrade. Dizia não acreditar em deuses, muito menos em milagres, mas, à noite, em segredo, quando a casa se calava, se punha de joelhos à beira da cama e pedia proteção às uiaras. Apareceu no convés antes mesmo de Bopp, que era sempre o primeiro a chegar. O senhor Andrade se debruçou na amurada a ponto de quase cair, para tentar ver melhor. Estava escuro, muito escuro. Embora fosse noite de lua cheia, não havia luz suficiente para iluminar o mar. Àquela hora, as águas eram um infindável caldo negro. Não demorou para que Bopp surgisse ao lado do senhor Andrade. Os dois olharam, olharam, olharam e não viram nada. O mar ondulava como de costume. Bopp correu até sua cabine e voltou com um binóculo de teatro em madrepérola que era de sua mãe. O senhor Andrade sorriu feliz e bateu palmas. Apoderou-se do binóculo e mirou mais uma vez o mar. Nada. Tudo preto. Não parecia haver qualquer coisa fora do normal. Desconsolado, devolveu o binóculo a Bopp, que também o apontou para o mar. Só onda e escuridão. Por um momento, Bopp achou ter avistado algo: uma forma mais clara estendida sobre as ondas. Mas o senhor Andrade o fez ver que se tratava do reflexo da lua sobre as águas. Em poucos minutos, o convés se encheu. Homens, mulheres e crianças disputavam um espacinho na amurada, comprimindo-se uns contra os outros. Queriam encontrar o melhor lugar para ver a sereia. O navio chegou a adernar para o lado com a concentração dos passageiros num único ponto. O comandante, preocupado, cenho franzido, acudiu ao convés para saber o que estava acontecendo. Diante da confusão de vozes e línguas que ali tinha se instalado, pediu que todos se calassem. Mas ninguém o ouviu. Era impossível escutá-lo ou escutar o que quer que fosse com todos falando e gesticulando como crianças diante de um brinquedo novo. Nuvens começaram a se formar no céu, comprometendo ainda mais a já escassa visibilidade e, com isso, aumentando o vozerio. O cozinheiro, que, com a ajuda do mestre e do contramestre tentava inutilmente conter a multidão, buscando deslocar parte dela para o outro lado do navio a fim de contrabalançar o peso, informou ao comandante que o motivo de tal balbúrdia era a aparição de uma sereia em alto-mar. O comandante empalideceu. Foi até o sistema de alto-falantes e exigiu silêncio. Nem todos o ouviram, mas os que o ouviram pediram aos outros que ficassem quietos e, assim, aos poucos, o convés foi emudecendo. Se não a vemos, disse o comandante, talvez possamos ouvi-la. Vamos nos concentrar para tentar sentir seu canto. Todos apuraram os ouvidos. Mas o silêncio não durou, pois as mulheres logo voltaram a protestar. Se escutassem o canto da sereia, todos se encantariam, mergulhariam nas águas e acabariam, sem nem mesmo perceber, afogados no fundo do mar. Era muito arriscado. O comandante então ordenou que o imediato dirigisse o mais potente facho de luz do navio para o mar. Nesse meio-tempo, as nuvens tinham se tornado ainda mais carregadas e cobriam quase todo o céu, anunciando a iminência de uma tempestade de verão. O imediato jogou a luz sobre o mar, fazendo-a passear vagarosamente sobre as ondas, iluminando-as por partes. O comandante subiu ao topo do mastro principal para observar o mar lá de cima com seus binóculos profissionais. A multidão acompanhava, em profundo silêncio, o deslocar-se lento do facho de luz pelas águas. Todos pareciam hipnotizados. O navio, que se movia devagar como se temesse atropelar a sereia, adernou um pouco mais a bombordo com a concentração de gente num mesmo lado, para desespero do cozinheiro, do mestre e do contramestre. Bopp e o senhor Andrade se revezavam no binóculo de teatro em madrepérola. Começou a chover. No princípio, discretamente: uns poucos pingos caídos aqui e ali. Ninguém arredou pé do convés, nem mesmo quando a chuva engrossou. Permaneceram todos estáticos, cuidando o mar, com os cabelos molhados e as roupas encharcadas. Foi o senhor Andrade que indicou uma massa clara que boiava sobre as águas. De longe e no escuro, parecia um saco ou uma maçaroca feita de esponjas e pedaços de tecidos velhos. Todos olharam para a direção apontada. Com o balanço das ondas, a massa se aproximou do navio. O imediato lançou luz sobre ela. Não era uma sereia. Era um cadáver. As mulheres abafaram gritinhos com as mãos e deram passos para trás, agarrando as crianças e tapando seus olhos. Muitas baixaram a cabeça e fizeram o sinal da cruz. Os homens se aproximaram mais da amurada. Alguns tiraram o chapéu e o encostaram no peito. Fez-se um silêncio sepulcral, em que se ouvia apenas o barulho da chuva castigando o navio e seus passageiros. O senhor Andrade tomou o binóculo de Bopp e ajustou o foco. A água da chuva lhe escorria pelo rosto, dificultando a visão. O corpo boiava de bruços, os braços abertos para os lados, as pernas estiradas para trás. Estava inchado como um balão. São os gases, esclareceu Bopp. Era o corpo de uma mulher. Restos de um vestido florido tapavam-lhe as costas e parte das pernas, e um longo cabelo loiro, agora enozado e cheio de algas, se enroscava em seu pescoço. Os dedos das mãos, com a pele se desprendendo das unhas, haviam formado uma espécie de luva. Os ossos do antebraço esquerdo estavam à mostra. Um generoso pedaço de carne, músculo e pele havia sido extirpado, não por corte a faca ou bisturi, que produziria uma incisão reta e uniforme e não irregular como aquela, mas, muito provavelmente, por mordida de peixe grande. Na panturrilha direita e nas costas próximo ao ombro esquerdo viam-se outros ferimentos como aquele. De repente, com a movimentação provocada pela tentativa de tirar o cadáver da água, o braço direito se soltou e ficou a flutuar sozinho. Rompida a simetria, o corpo virou e, não antes de entregar o que fora seu rosto à contemplação dos curiosos viajantes, começou a afundar lentamente. A mulher não tinha mais olhos nem nariz, e seus lábios – surpreendentemente carnudos embora enrugados – formavam um círculo perfeito, como se ela, ao morrer, estivesse entoando a nota final de uma canção.

| EM QUASE TODAS AS ESTAÇÕES DO ANO
UM CASACO IMPERMEÁVEL LEVE
PODE SER DE GRANDE UTILIDADE.

NÃO SE VÁ, MARGARIDA!

Eles eram quatro: uma menina, dois meninos e uma vira-lata branca com focinho preto. A menina não devia ter mais de cinco anos. Era magra e de pernas longas. Tinha os cabelos lisos, finos e quase pretos, cortados na altura dos ombros. Uma franja reta lhe cobria as sobrancelhas, quase alcançando os cílios – o que a fazia piscar repetidas vezes. Os dois meninos poderiam ser gêmeos. Eram louros, cacheados, de pele e olhos claros. Mais baixos que a menina, não contavam mais que quatro anos. Os três estavam espremidos dentro de um tonel de metal de mais ou menos um metro e meio de diâmetro, cortado a uns cinquenta centímetros de altura do chão e cheio de água. A menina, sentada, afundada até o peito, trajava roupa de banho preta, levemente folgada, tipo macaquinho, que deixava suas pernas totalmente à mostra. Volta e meia, deixava-se escorregar para baixo e, de dedo no nariz, mergulhava. Os meninos, de pé, vestiam camisetas sem mangas e shorts azul-marinho como os dos lutadores de boxe. Um deles tentava se abaixar, mas, sem encontrar lugar para se sentar – porque a menina, de pernas abertas, ocupava todo o fundo do tonel –, voltava a se levantar. O outro pisoteava na água e ria. Pisoteava tão forte que a água espirrava para fora, molhando a vira-lata que pulava em torno do tonel, sempre latindo. Quanto mais a água escapava e mais a vira-lata latia, mais ele ria. A menina, entrando na brincadeira, também começou a jogar água para fora do tonel. A vira-lata agora saltava para o alto, buscando abocanhar as porções de água no ar. O menino, que tentava se sentar, desistiu da empresa e, de pé, também passou a jogar água para fora.

– Vamos ver quem atira mais longe –, desafiou a menina em espanhol.

Ela se colocou de pé como os outros, encheu de água as mãozinhas fechadas em concha e lançou o líquido com força para a frente. Os meninos imediatamente a imitaram. Toda vez que a água atingia, mesmo que de leve, a balaustrada do navio, eles gargalhavam, atirando a cabeça para trás, e pisoteavam, com os braços para o alto, remexendo os quadris para os lados, numa dança improvisada e insana. Dona Oliva, com sua bengala, tentou passar por ali – o tonel estava bem no meio do caminho, entre a popa e o acesso às cabines –, mas recuou diante das inúmeras poças que haviam se formado no convés, tornando-o escorregadio. Opalka acompanhava tudo de longe, da espreguiçadeira, com os olhos comprimidos em função da intensa claridade daquele começo de tarde abafadiço. Distraía-se procurando lembrar se já havia visto algum animal de estimação – cachorro, gato, passarinho – nos navios em que navegara, mas não se recordava de um sequer. As crianças pareciam não ter percebido a presença de Dona Oliva. Continuavam a arremessar água no convés. De repente, um barulho de alguma coisa pesada caindo no chão – uma pessoa, uma cadeira, um baú? – chamou a atenção da vira-lata, que parou de latir e se encaminhou, em silêncio, com as orelhas para o alto, em direção ao local de onde viera o som, uma esquina do convés, atrás de Opalka. Percebendo que a vira-lata se afastava, o menino que antes tentava se sentar começou a berrar de dentro do tonel.

– Margarida, não se vá! Por favor, fique conosco!

Ele inclinava o tronco para fora do tonel, mas sem fazer menção de sair dali, e esticava os braços para a frente, como se fosse possível alcançar a vira-lata, enquanto rogava, com lágrimas nos olhos:
– Margariiiida, por favor, fique!
Os outros, vendo a vira-lata se distanciar ainda mais, fizeram coro:
– Margariiiiiida, volte, por favor, volte para nós! Nós não conseguimos viver sem você.
Margarida nem olhava para trás. Parecia não ouvi-los. Seguia célere e decidida em direção ao local de onde partira o barulho. Opalka viu quando Margarida dobrou uma esquina e saiu da vista das crianças. Estas, agarradas às bordas do tonel, gritaram ainda mais alto para Margarida voltar. O outro menino também inclinou o tronco para fora e esticou os braços para a frente. Chorando torrencialmente, pedia:
– Não se vá, Margarida, por favor, não se vá.
A menina se agitava para lá e para cá dentro do tonel, como se buscasse uma saída, enquanto, também chorando, chamava Margarida de volta. O primeiro menino, com as mãos em torno da boca, berrava para o alto, para o céu, para algum deus:
– Margarida, não nos abandone, nós te amamos.
Opalka ia se levantar para pegar Margarida, que estava perto dele, quando Bopp, surgido do nada, com uma de suas pesadas malas na mão, uma mala que aparentemente não tinha função alguma naquele convés, se abaixou abruptamente e, lançando a mala com violência para o lado, agarrou Margarida, que, assustada com gesto tão impetuoso, agachou-se e ficou paralisada. Bopp então a tomou no colo e a levou até as crianças, que, ainda dentro do tonel, pularam e bateram palmas satisfeitas, molhando de vez o convés.

Não era preciso pedir para que Bopp se botasse a falar de suas andanças pelo mundo. Contava que, viajando pela Índia, fora circundado por macacos ávidos por notícias do Brasil onde – tinham ouvido dizer – as bananas eram espetaculares como abóboras e abriam os braços ao deglutidor. Em seu giro pelo Sul, quando, rapazote ainda imberbe, levava consigo apenas uma mala de garupa, um pala de seda e uma adaga de prata, conhecera, de passagem pelo Paraguai, em vapor a lenha onde se falava guarani e se fumava cachimbo, um casal do Rio Grande do Sul que seguia para o Mato Grosso com o intuito de comprar terras para criação de gado. A esposa o chamara a um canto e lhe mostrara as moedas de ouro com as quais fariam negócio. O marido, sujeito recluso, de poucas palavras, ficava um tempão olhando as águas barrentas do rio, carregado de jacarés. De vez em quando, para se distrair, dava um tiro neles. De outra feita, ao voltar da Guiana Francesa em canoa de vela, Bopp naufragara. Mas, das agruras desse naufrágio, ele não nos contou nada.

Na manhã de ontem, no quintal do prédio de número 3 da praça 15 de Novembro, foi encontrado, já sem vida, por uma empregada do morador do referido prédio, um belíssimo pombo-correio de cor cinza. O morador do prédio entregou o pombo à polícia. Ele apresentava um ferimento na parte superior da asa esquerda, ferimento que parecia ter sido produzido por queda ou, talvez, por bicada de gavião, um dos maiores inimigos dos pombos-correio. Na perna esquerda da ave, havia um anel de alumínio no qual estavam gravadas em alto relevo as armas da República e a numeração correspondente à identificação. Tudo leva a crer que o pombo morrera de inanição, possivelmente tendo se extraviado, vindo de lugares longínquos.

PRECISANDO
DEPURAR O
SANGUE
TOME
**ELIXIR DE
NOGUEIRA**
Milhares de curados

| NÃO HÁ RAZÃO PARA TEMER DOENÇAS.
AS ÁREAS TEMPERADAS NA AMÉRICA LATINA
SÃO QUASE TÃO SADIAS QUANTO A INGLATERRA.

COMO SOUBEMOS? FOMOS ATÉ A COZINHA

– Os senhores sabiam que o pessoal da primeira classe faz suruba na cozinha? – perguntaram as Olivinhas a Opalka e Bopp numa tarde em que encontraram os dois sozinhos, tomando sol nas espreguiçadeiras do convés. Elas falavam ao mesmo tempo, afobadas, uma atropelando a outra. Segundo elas, os passageiros da primeira classe se divertiam bem mais que os da classe turística. Não porque tivessem mais regalias (lençóis de linho, toalhas de algodão felpudo, serviçais para carregar as malas, perfume francês nas cabines, almofadas nas espreguiçadeiras, sobremesa extra), mas porque faziam surubas. Na cozinha. E em qualquer dia da semana. Qualquer. Não respeitavam nem mesmo os dias santos. Passavam as noites lá, se roçando uns nos outros. Um horror. Como elas sabiam disso? Elas tinham ido até a cozinha. Tinham visto tudo com aqueles olhinhos que a terra havia de comer. Na madrugada de ontem, por volta das duas da manhã, as Olivinhas não estavam conseguindo dormir em função do calor. Aí, elas decidiram fazer um chá para relaxar. Pegaram a chaleira que sempre levavam consigo nas viagens e foram até a cozinha para pedir um pouco de água quente ao cozinheiro. Quando chegaram lá, com a chaleira vazia, deram de cara com dois casais se agarrando. Eles ainda não estavam fazendo sexo, mas quase. A gente sabe quando um casal está quase fazendo sexo, não sabe?, disse a Olivinha de panturrilha mais grossa em tom confessional. Eles ficam assim juntos, bem juntos, acrescentou a outra. Com as pernas enroscadas e... e... as... os... – hesitaram elas, escolhendo a palavra mais adequada – os órgãos genitais roçando. Por cima da roupa, é claro. Porque eles ainda não estavam fazendo sexo. Estavam quase fazendo sexo. Quase. Mas iam chegar lá num instante. Elas não tinham dúvida de que isso iria acontecer. Era só uma questão de tempo. De muito pouco tempo. Mas era, na verdade, como se eles já estivessem fazendo sexo. Um dos casais estava na cuba. Na cuba! Ele era o cozinheiro. Sabem o cozinheiro, aquele negro de quase dois metros de altura, musculoso, braços grossos, traços másculos, narigão, bocão, olhos escuros e penetrantes?, perguntaram elas. Pois era o próprio. O cozinheiro. Ele já estava sem camisa. De calças, mas sem camisa. Com o peito cabeludo de fora. E sem sapato também. Ela era aquela inglesa chique, loirinha, mirradinha, de nariz arrebitado, que desfila aqui pelo convés carregada de ouro parecendo uma igreja barroca. Os senhores sabem quem é, não?, perguntaram as duas. Pois ela já estava com o vestido arregaçado. Bem arregaçado. Um vestido de seda vermelho, trespassado, com saia de pregas. Estava tão arregaçado que dava para ver sua roupa de baixo, sussurrou a Olivinha de panturrilha menos grossa. Um escândalo, arrematou a outra. Agora, os senhores não vão acreditar em quem estava lá se amassando com o imediato, disseram as Olivinhas. A senhora Andrade, responderam em uníssono depois de uma pausa que queriam dramática. Os senhores ouviram bem? A senhora Andrade! Quem diria, não? Estava lá com o imediato na mesa onde o cozinheiro corta os legumes e as carnes das nossas refeições. Isso mesmo: na mesma mesa em que o cozinheiro corta os legumes e as carnes das nossas refeições. Das nossas refeições! Um nojo! Ele estava sentado e a senhora Andrade em pé, encostada nele. Ou melhor, espremida contra ele. Menos mal que ele estava de calça. Já pensaram se estivesse com o traseiro nu?, perguntou a Olivinha de panturrilha mais grossa, baixando a voz quando pronunciou "traseiro". Seria horrível, respondeu a outra, mas fiquei imaginando onde ele teria se sentado antes de chegar ali. Ele podia ter se encostado na pia do banheiro do salão principal, que todo mundo usa, ou se sentado no chão do convés, exatamente no lugar em que Margarida faz suas necessidades, ou ainda numa das espreguiçadeiras em que uma das crianças, que estão sempre enjoando com o balanço do navio, tivesse vomitado. Nojento! Eles não precisavam estar sentados justamente na mesa em que o cozinheiro corta os legumes e as carnes. Poderiam estar em qualquer uma das tantas cadeiras da cozinha. Os senhores não fazem ideia da quantidade de cadeiras que há na cozinha. Poderiam ter usado qualquer uma delas. Mas não, preferiram macular a mesa em que o cozinheiro corta os legumes e a carne. Os legumes e a carne que a gente come todo dia! Sacrilégio! Eles não levam nem comida a sério! A senhora Andrade se esfregava muito no imediato. Muito. E o imediato, como o cozinheiro, estava sem camisa e sem sapatos. Ela estava tão grudada nele que não dava para ver seu rosto. Mas nós a reconhecemos pelo vestido. Aquele vestido azul de cintura baixa, da década passada, que ela ajustou todinho para ficar na moda. Mas que não convenceu. Ah, não convenceu. A gente ia saindo de fininho, continuou a Olivinha de panturrilha menos grossa, quando ouvimos a voz da senhora Andrade.

– Meninas! Não vão embora, queridas! Fiquem aqui conosco. Entrem e aproveitem. A vida é uma só.

Ficar lá. Imaginem! Era só o que nos faltava! Preferimos ficar sem chá. Está certo que ainda não era uma suruba propriamente dita, mas seria. Temos certeza disso. Era evidente que eles começariam a fazer sexo. E que trocariam os casais. Era óbvio. Só uma questão de tempo. Mas não esperamos para ver. Não mesmo. Voltamos correndo para o quarto com a chaleira. Com a chaleira vazia. Ficamos sem chá e sem sono. Não comentamos nada com nossa tia. Os senhores, por favor, não falem nada. Ela já é uma senhora de mais idade, cardíaca, pode ter um piripaque. Melhor não provocar. Isso fica entre nós. Será o nosso segredo. Pobre senhor Andrade. Um homem tão bom. Mas ele deve ter suas amantes. Outro dia, quando saíamos da sala de jantar, ele tascou um beliscão em nossos traseiros. Esse pessoal da primeira classe não tem mesmo moral. Sabemos que o senhor e a senhora Andrade não viajam mais de primeira classe. Mas já viajaram muito. Eles continuam sendo de primeira classe. Uma vez primeira classe, sempre primeira classe. O mesmo vale para a classe turística. Não é uma questão de dinheiro. E o pessoal da primeira classe se diverte mais. Ah, se diverte! Quem não tem deus no coração parece se divertir bem mais do que quem tem. Mas eles se divertem agora. Quero ver depois. Quando acabar esta vida e vier a outra, a vida depois da vida. A vida de verdade. Aí nós vamos ver quem vai se divertir. As Olivinhas pararam de falar e ficaram sacudindo a cabeça em assentimento, aprovando com esse gesto suas próprias palavras. O único problema, disse por fim a Olivinha de panturrilha grossa, é se não houver outra vida e a vida de verdade for esta aqui, a vida das surubas na cozinha.

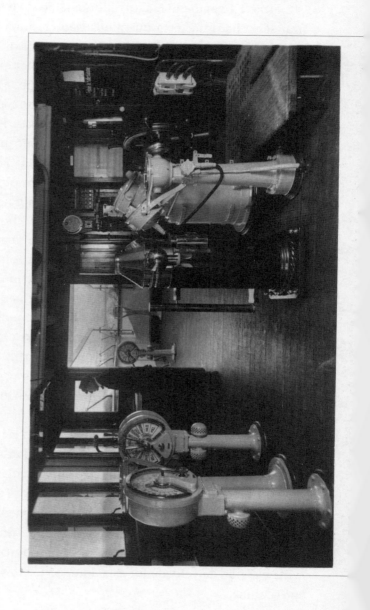

**NUNCA FIQUE COM ROUPA ÚMIDA.
NEM MESMO POR CINCO MINUTOS.
TROQUE A PEÇA SUADA ASSIM QUE PUDER.**

IMPONENTE E FRÁGIL

Lá vinham os quatro pelo convés. Margarida corria na frente, latindo e saltando. A menina e os loirinhos traziam nos braços pilhas e mais pilhas de papéis de todos os tipos, tamanhos e cores. Eram jornais velhos, postais descartados, folhas usadas de caderno, menus antigos, bilhetes, cartas, envelopes e páginas de livros. Caminharam até o tonel e lá despejaram tudo. Saíram e, depois de algum tempo, voltaram com mais papéis. Assim fizeram incontáveis vezes até encher o tonel. Não se cansavam de tanto ir e vir. Conversavam entre si e riam muito. Quando se afastavam, apostavam corrida. Margarida era sempre a mais rápida, seguida pela menina. Os loirinhos ficavam para trás e isso os deixava agastados. Os quatro sumiram uma última vez. Os meninos retornaram carregando filetes de madeira finos e compridos, a menina levava um pote com uma goma feita de farinha de trigo e água e Margarida apareceu com um rolo de barbante na boca. Agacharam-se ao lado do tonel e espalharam os papéis pelo chão. Passaram a lambuzar as bordas dos papéis com goma e grudavam um pedaço no outro. Entre alguns deles, fixavam os filetes de madeira. Ficaram a manhã e o início da tarde entretidos com isso. Davam a impressão de estar construindo uma imensa pandorga, que, aos poucos, ia ocupando a área central do convés. Ela crescia como uma cidade, sem planejamento, sem ordem, sem forma definida. Parecia um tapete de pele de bicho ou um grande mapa de algum lugar a ser inventado, com estranhos prolongamentos nas extremidades. Em determinadas regiões desse mapa, a menina e os meninos colaram ainda, perpendicularmente, blocos menores de papel, que ficavam com um dos lados solto e caído. Por fim, grudaram dois filetes maiores de madeira na parte de trás e um na da frente da grande massa de papel. Depois, esperaram tudo secar, sentadinhos no chão um ao lado do outro e junto de Margarida, que, havia um bom tempo, dormia com a cabeça apoiada nas patas dianteiras. No final da tarde, cada um deles ergueu um dos paus com as duas mãozinhas o mais alto que pôde. Em seguida, os três se afastaram uns dos outros, criando um grande triângulo, a fim de fazer com que a papelada se elevasse do chão. Uma vez que ela estava no ar, começaram a correr. De início, os papéis colados voavam baixo, quase tocando o piso. Margarida tentava abocanhá-los, mas, quando chegava perto, os papéis ganhavam altitude de novo. As crianças não paravam de correr. Corriam feito doidas. A cada volta, aceleravam ainda mais, pulando por cima das espreguiçadeiras vazias e derrubando tudo o que encontravam pela frente. Opalka, vendo-as se achegarem, levantou-se de sua cadeira e se encostou na parede para liberar a passagem. Dona Oliva, que estava distraída, permaneceu recostada na espreguiçadeira e foi atropelada pelas crianças, que pisaram sem dó em suas pernas. A menina, os meninos e Margarida passavam como um tiro, assustando alguns passageiros, que se encolhiam junto às paredes ou à amurada. Iam até o fim do convés e depois voltavam. Sempre às carreiras, sem jamais parar, nem mesmo para tomar fôlego. Com o deslocamento de ar produzido pela corrida, os papéis começaram a voar mais alto. Dançavam por cima das cabeças da meninada como uma massa informe. Gradualmente, essa massa foi se abrindo e tomando forma. Os pedaços de papel presos perpendicularmente, que vinham caídos sobre os outros, finalmente se apartaram, balançando soltos e revelando o que verdadeiramente eram: orelhas e tromba. As extremidades mostraram-se como pernas e o imenso miolo, antes informe, o corpo de um elefante que, agora, pairava desengonçado sobre o convés do navio. E as crianças corriam e riam muito porque o elefante estava finalmente de pé, imponente e frágil. Ele entornava a cada curva, a cada gesto mais brusco, na iminência de se destruir e voltar a ser apenas um gigantesco tapete de papel. Mas logo retornava à posição anterior, ereta, altiva, portentosa. Se a corrida arrefecia um pouco que fosse, ameaçava encolher, suas orelhas murchavam, sua tromba arrastava pelo chão e seu corpo se contraía. Mas as crianças tentavam a todo custo não diminuir a marcha. Corriam cada vez mais rápido. Saltavam por cima das cadeiras e, por não desviar nunca do curso, obrigavam as pessoas a sair do caminho. O elefante oscilava para um lado e para o outro. O vento que o colocava de pé era o mesmo que forçava sua matéria. Pouco a pouco, ele foi se desmanchando. Sua orelha direita se soltou e, soprada pela brisa marinha, voou em direção ao mar. A outra se despegou logo em seguida e subiu leve aos céus, perdendo-se de vista. A tromba não durou muito. Caiu e se embrenhou nas pernas da menina que, com um pontapé, a fez flutuar até a mureta do navio, onde ficou enroscada. O corpo do elefante começou a rasgar. Fragmentos de papel se desprendiam do todo e saíam livres pelo ar. O que antes era lombo voltou a ser postal, anotação, carta. E as crianças continuavam a correr com o pouco que ainda restara do animal, uma carcaça outra vez irreconhecível. Os papéis se despedaçavam e voavam até o rosto dos passageiros que saíam ao convés para ver, assombrados, a corrida do elefante. Quando o último pedaço de papel se foi, a menina e os meninos se jogaram no chão, exaustos. Seus rostos estavam vermelhos e seus peitos arfavam. Suas roupas pingavam de tanto suor. Margarida lambeu cada um deles. E eles começaram a rir. Gargalharam, rolando pelo chão, até que, de repente, ficaram sérios, respirando fundo e pausadamente. Foi então que Bopp se abaixou perto deles e lhes entregou a pilha de papéis rasgados que conseguira recolher enquanto o elefante deixava de existir.

Prezada tripulação,

pedimos a atenção de todos para fato de extrema importância que se dará no dia de amanhã. Estimamos que, algumas horas depois do pequeno almoço, nosso navio cruzará a linha do Equador. Como cremos ser de conhecimento das senhoras e dos senhores, esse é um momento solene em que devemos adotar cuidados especiais. Se a passagem não for realizada com a cautela devida, corre-se o risco de a linha vir a se enrodilhar na quilha ou no leme, provocando uma parada violenta da embarcação e consequentemente indesejáveis quedas da tripulação. Estejam atentos!

Cordiais saudações
do Comandante EGON SCHILD

| NIVETES | FACAS |

CORNETA

| HERES | THESOURAS |

NETUNO É UM BOM CAMARADA

Logo depois do café da manhã, ouviu-se, por todo o convés, o som alto de uma trombeta. Quem a tocava – e mal – era o imediato, que vinha com o corpo nu enrolado na cortina vermelha de veludo da sala dos oficiais. Compridos pedaços de corda desfiada, amarrados em torno de sua cabeça e do seu queixo, completavam o figurino. Desfilou vestido desse modo, e de pés descalços, por toda a extensão do deque. Empunhava a trombeta e, assim, como uma espécie de arauto, conclamava os passageiros, que, curiosos, iam chegando aos poucos e formando um grande círculo em torno dele. Até Opalka, que tomava sol numa das espreguiçadeiras enquanto lia o guia que Bopp lhe dera, se aproximou. Quando todos estavam presentes, se acotovelando para tentar ver melhor o que acontecia, o imediato parou bem no centro, inspirou fundo e soltou com força, no bocal do instrumento, o ar retido no peito, produzindo um último som longo e estrepitoso. Nisso, um carrinho de carga, todo enfeitado com balões coloridos e desenhos um tanto infantis de peixinhos, abriu passagem entre a multidão, como um Moisés entre as águas. O carrinho era, na verdade, um retângulo de madeira de um metro e meio por um metro sobre um eixo de quatro rodas puxado pelos dois ajudantes de cozinha, que usavam apenas, em torno da cintura, uma faixa de aproximadamente cinquenta centímetros de largura feita com o tecido das toalhas de mesa do salão de jantar, que cobria apenas seus traseiros, deixando à mostra, com isso, o resto de seus corpos negros. No carrinho, estavam o comandante e o cozinheiro de mãos dadas, fazendo um tremendo esforço para se manterem equilibrados ali em cima. O comandante, como o imediato, se envolvera numa das cortinas vermelhas de veludo da sala dos oficiais. Seus cabelos e barba postiços, que iam até os joelhos, eram também cordas desfiadas. Na cabeça, tinha ainda uma coroa imensa de papel dourado, e, na mão direita, segurava um tridente, improvisado com cabo de vassoura e arame retorcido. Em torno dos pulsos, colocara retângulos de papel dourado como se fossem os punhos de uma camisa inexistente. O cozinheiro, um negro alto, muito mais alto que o comandante, fizera um sutiã dobrando uma fronha branca como um origami, colocara-o sobre o peito cabeludo, e amarrara, na cintura, um lençol também branco que ia até seus pés. Embrulhara a cabeça com uma toalha e, no alto desse turbante inusitado, prendera um cacho de uvas, cinco bananas e duas maçãs. Em cima do arranjo, pusera ainda uma coroa de papel dourado igual à do comandante, só que um pouco menor. A cada um dos lados do carrinho, seguiam o barbeiro e o foguista. O barbeiro deslizava de bunda pelo convés. Não podia andar porque estava com os pés e as pernas atados e encerrados dentro de um saco pintado de azul com um papelão em forma de rabo de peixe preso na ponta. Na cabeça, uma coroa de papel, também azul, firmava fios e mais fios de corda que faziam as vezes de uma longa cabeleira loira. Como o cozinheiro, ele trazia sobre o peito nu uma fronha dobrada no formato de um sutiã pontudo. O foguista, por sua vez, se arrastava pelo chão, todo de cinza, com uma máscara feita de papel representando algum animal marinho. Houve quem acreditasse tratar-se de um golfinho, mas, em função da precariedade do desenho, não era possível ter certeza. Atrás da comitiva vinham o mestre e o contramestre vestidos de piratas, com os respectivos olhos esquerdos tapados. Cada um carregava uma das cadeiras de madeira do salão de jantar. Conforme o grupo se deslocava, as pessoas iam abrindo caminho. Não era preciso pedir licença. Os passageiros se cutucavam e apontavam para as roupas dos oficiais, rindo. Bopp e Dona Oliva estavam às gargalhadas. O senhor Andrade acompanhava o cortejo interessado, fazendo anotações num caderninho vermelho. A senhora Andrade admirava tudo com um sorriso no rosto. Curto Chivito aproveitou que todos estivessem distraídos para ir com Hans às salas internas recolher algumas coisinhas para seu museu. Havia dias que vinha namorando a placa de proibido fumar da sala das máquinas. A menina e os meninos foram atrás do mestre e do contramestre, em fila indiana, com ar austero e passo de procissão. Margarida vinha junto, pulando e latindo. A comitiva parou quando atingiu o centro do convés, onde estava o imediato tocando a trombeta. O som também cessou. O mestre e o contramestre colocaram as cadeiras no chão e se postaram atrás delas com os braços às costas. As crianças os imitaram, e Margarida parou ao lado deles; agora, sem latir. O imediato, logo após depositar a trombeta no chão, foi até o carrinho, ajudou o cozinheiro e o comandante a descer e os conduziu às cadeiras, onde ambos se sentaram. Depois que os dois se acomodaram, falou solenemente:

– Senhoras e senhores, meus mais prezados passageiros, é com muito orgulho que vos comunico a chegada a este navio de meu egrégio pai, o excelentíssimo senhor Netuno, deus dos mares – e estendeu o braço em direção ao comandante.

O comandante se levantou da cadeira e, em meio a efusivas palmas puxadas pelo imediato, acenou para a plateia.

– Fui informado da presença em meus domínios desta gloriosa embarcação. Com imenso prazer, vos recebo em meu reino. Como prova de minha boa vontade para com vossas senhorias, propiciarei a todos momentos de infinita alegria.

Todos aplaudiram de novo. Os passageiros, entrando na brincadeira, começaram a gritar em coro:

– Netuno! Netuno! Netuno!

Em seguida, se puseram a cantar:

– O Netuno é um bom camarada. O Netuno é um bom camarada. O Netuno é um bom camaraaaaaaadaaaaa. Ninguém pode negar. Ninguém pode negar. Ninguém pode negar.

Repetiram a cantoria duas ou três vezes antes de terminar com palmas. Os mais afoitos assoviaram. O imediato voltou a tocar a trombeta. De trás da comitiva, surgiu um grupo de quatro pessoas, formado por uma mulher e três homens. Ela vestia camisa branca sem gola, de braços largos, com uma saia vermelha longa e rodada, enfeitada, na base, com fitas coloridas. Por cima de tudo, portava um avental azul-marinho. Eles estavam de camisa branca e colete e calças pretos, com sapatilhas nos pés. Como as calças eram curtas, meias brancas lhes subiam até os joelhos. Cada um deles levava um instrumento musical: um

103

violino, um acordeão e um pandeiro. Entraram tocando e cantando, enquanto a moça dançava.
– É Priscila! – berrou Bopp, reconhecendo-a.
Bopp, que assistia aos acontecimentos de longe, embrenhou-se na multidão para se acercar de Priscila. Quando chegou o mais perto que pôde, acenou-lhe, mas ela não o viu. Estava concentrada em sua dança, que, ao contrário daquela do trem, não tinha nada de demencial. Com as mãos na cintura, dava saltinhos para os lados em torno dos músicos. Depois, sem mudar o passo, parou diante de todos e avançou em direção aos passageiros. Deu a mão a Bopp e ao senhor Andrade, que estavam ali na frente. O senhor Andrade, por sua vez, deu a mão à senhora Andrade e assim eles foram formando uma roda, em que todos começaram a girar imitando o passinho de Priscila. Em seguida, ela formou outra roda com outros passageiros, sem desmanchar a anterior. E continuou armando rodas e mais rodas até que a maioria da tripulação estava dançando. Priscila então lhes ensinou um novo passo: cada grupo de quatro se movia para os lados de mãos dadas, sempre dando saltinhos. Eles dançaram até se cansar, alternando a roda com o deslocamento lateral em grupo. Quem preferia não dançar batia palmas no ritmo da música. Para recompor a energia, um banquete foi montado ali mesmo no convés, só com frutos do mar. Não havia quem não estivesse se divertindo com a festa de Netuno. Terminado o banquete, o imediato, depois de consultar sua bússola de bolso, empunhou novamente a trombeta. Quando se fez silêncio, anunciou:
– Senhoras e senhores, meus mais prezados passageiros, peço vossa atenção, por favor, pois meu pai, nosso excelentíssimo Netuno, deus dos mares, irá vos falar.

O comandante limpou a boca com o guardanapo e se ergueu. Ficou de pé na cadeira e, de braços abertos, falou com voz pausada, de estadista em discurso:
– Estamos a ponto de cruzar a célebre linha do Equador. Os senhores, com certeza, sabem que não permito a presença de neófitos em embarcações que transpõem os limites entre o norte e o sul. Portanto, ordeno àqueles que nunca navegaram por mares austrais que se apresentem imediatamente a esta corte para o devido batismo, que será realizado após uma sequência de provas. Aqueles que superarem todas as provas terão minha augusta permissão para transitar por estes mares.

Todos o aplaudiram de novo, ainda mais entusiasticamente que antes. Voltaram a berrar o nome de Netuno e a dizer que o deus era um bom camarada. As Olivinhas foram as primeiras a correr em direção à corte. Elas nunca tinham viajado de navio e estavam excitadas com a iminente passagem pela linha do Equador. Achavam que as águas do hemisfério sul seriam mais claras e muito mais amenas que as do hemisfério norte. Os peixes seriam mais vistosos e subiriam em cardume à superfície para juntos cantarem aos navegantes enquanto nadassem sincronizadamente de um lado a outro. Pararam ao lado delas dois rapazes alemães de uns vinte e poucos anos, que, de tão parecidos, poderiam ser irmãos. Cumprimentaram-nas, estendendo-lhes as mãos direitas, que elas, sorridentes, apertaram com prazer. Em seguida, apareceu um senhor numa cadeira de rodas, conduzido por uma enfermeira quarentona uniformizada. A quantidade de rugas no rosto do senhor levava a supor que tivesse uns bons oitenta anos ou mais. Estava com as mãos depositadas sobre o colo com as palmas para cima, a cabeça levemente pensa para a esquerda e a boca aberta, de onde escorria um fio de baba grossa. Calçava chinelos escuros e vestia pijama listrado de branco e azul. Um babador circundava seu pescoço e uma sonda cingia sua cintura. Não piscava, e seus olhos estavam fixos em algum ponto ao longe. A enfermeira era uma mulher forte, morena, de braços e pernas grossos. Não sorria – e nem sorriria – em momento algum. Seu rosto era uma máscara: incapaz de mudar a expressão grave. Um homem triste, num terno de verão bastante surrado, juntou-se a eles. Era alto, magro, de ombros caídos e feições cansadas. Vinha com a mulher, que exibia um vestido simples de algodão estampado e um coque na altura da nuca, o que a fazia parecer dez anos mais velha. Andava de cabeça baixa, olhando para os pés calçados em sapatos de verão, de tiras, com o calcanhar aberto. O comandante perguntou se não havia mais ninguém. Após um longo silêncio no convés, um inglês roliço, de meia-idade, bigodinho, cabelo lambido, calça engomada e colete, surgiu do meio da multidão. Chegou desconfiado, com as mãos nos bolsos, caminhando devagar e olhando para os lados. Assim que se reuniu aos demais, o comandante bateu três vezes com o tridente no chão e anunciou o início das provas.

O imediato, os ajudantes de cozinha, o mestre e o contramestre se dirigiram para a sala dos oficiais e voltaram trazendo uma tina, um balde, várias cordas, uma tábua de madeira, breu, graxa, ovos, laranjas, sacos de batata, colheres, bexigas de borracha, uma vela velha de navio, pedras do tamanho de uma bola de handebol e o tonel cortado – o mesmo usado pelas crianças como piscina – com água até a borda. O comandante ordenou que os neófitos fizessem uma fila diante do mestre, começando pelas meninas e terminando com o inglês. Nisso o imediato voltou a tocar sua trombeta. O mestre pegou a tina, colocou dentro a graxa e esmigalhou o breu por cima, misturando tudo com as mãos. Aproximou-se das Olivinhas e passou as mãos sujas de breu e graxa em seus rostos. O breu raspava suas bochechas delicadas, esfoliando a pele e abrindo pequenas feridas, que não eram vistas devido à graxa. Elas fecharam os olhos e contraíram os rostos. Mas não choraram. Os alemães também aguentaram firmes. Para impressionar as Olivinhas, permaneceram de olhos abertos, empertigados e de cabeça erguida. Tiveram os rostos completamente pintados pela graxa e raspados pelo breu. O homem triste e sua mulher receberam resignados a mistura áspera em suas faces. Não esboçaram qualquer reação. Ficaram calados, de ombros caídos e cabeça baixa. Era possível ver, sob a graxa, um filete de sangue escorrendo desde a borda do nariz da mulher. A enfermeira e o senhor na cadeira de rodas tampouco resistiram. Ela continuou impávida e ele com a cabeça caída para o lado e o olhar voltado para o longe. O inglês tentou fugir. Quando chegou a vez dele, correu em direção à multidão, mas foi parado pelo cozinheiro, que o carregou pelo colarinho até o mestre. De castigo pelo mau comportamento, este último o obrigou a entrar na tina e a se ajoelhar na massamorda escura. A muito custo, o inglês conseguiu se abaixar e ajeitar o corpanzil na tina estreita. Enquanto o fazia, chorava de sacudir os ombros, como uma criança mimada ou uma carpideira. O mestre pediu a um dos ajudantes de cozinha que lhe alcançasse um copinho. Quando ele saiu, a menina e os loirinhos foram atrás, macaqueando seu modo de andar, principalmente no sutil puxar da perna esquerda, ligeiramente mais curta que a direita. De posse do copinho, o mestre o mergulhou no pouco espaço que sobrava na tina e o virou na cabeça do inglês. A graxa com breu foi descendo devagar desde o alto de sua cabeça até seu queixo, pingando na roupa clara. O terno engomado ficou imprestável, e ele chorou ainda mais. O mestre repetiu o gesto três vezes. Só parou porque não havia mais partezinha do cabelo e do rosto do inglês que não houvesse sido coberta pela mistura. Terminada a tarefa, voltou a seu posto, atrás das cadeiras do comandante e do cozinheiro. Este saiu de seu assento e foi até as Olivinhas. Andava cambaleante. Não estava acostumado a calçar sapatos de plataforma. Tirou duas das bananas do turbante e as enfiou à força, com casca e tudo, na boca das meninas. Uma delas se engasgou e teve ânsia de vômito. O cozinheiro rapidamente tapou sua boca e a mandou mastigar com calma e engolir tudo. Ela obedeceu, com lágrimas nos olhos. As outras três bananas foram para os alemães e o inglês, que as receberam sem dar um pio. As maçãs, o cozinheiro esmagou e esfregou nas bocas do homem triste, da mulher dele e da enfermeira. Por fim, caminhou até o senhor da cadeira de rodas. Tirou o cacho de uvas do turbante e o sacudiu diante dos olhos do velho. Ele não se moveu. Nem piscou. O cozinheiro pegou então uma uva e a introduziu naquela boca aberta e inerte. Mas a uva caiu. Ele meteu outra uva e esta, mal entrou, já rolou para fora, indo parar no chão. Tentou com uma terceira, sem sucesso. Segurou o resto do cacho e o espremeu em cima da cabeça do senhor, enchendo seus cabelos brancos de pedaços de uva esmigalhada. Em seguida, ergueu os braços em triunfo, esperando os aplausos da plateia. O comandante se levantou da cadeira e bateu palmas vigorosamente. Sua corte o imitou e, em pouco tempo, estavam todos os passageiros aplaudindo e gritando vivas a Netuno. A um sinal do comandante, todos silenciaram. O contramestre e os dois ajudantes de cozinha levaram, para o centro do convés, o tonal cheio de água. Derramaram seu conteúdo onde havia uma leve depressão. Assim, a água ficou retida, formando uma imensa poça. Cada um dos neófitos devia nadar ali, sendo que nadar naquela circunstância significava mexer braços e pernas de modo a se deslocar um mínimo que fosse naquela superfície encharcada. O que não se podia era ficar parado. As Olivinhas foram de costas, abrindo e fechando os braços a fim de impulsionar o corpo para a frente. Iam rindo, como se fosse divertido raspar a pele na madeira suja. Os alemães se deitaram de bruços na água e movimentaram o corpo apenas com os braços. A enfermeira se jogou de frente e se deixou deslizar de barriga. O homem triste fez o mesmo. Sua mulher tentou copiá-lo, mas faltou-lhe energia. Ao se lançar na poça, não deslizou. Caiu como uma pedra, desmanchando o coque. Todos riram e aplaudiram com gosto sua falta de jeito. Descabelada, a mulher então se virou de costas e nadou como as Olivinhas. Sem que ela percebesse, seu vestido enganchou numa das frestas da madeira e, quando ela se ergueu, rasgou. A multidão exultou. Toda a parte da saia ficou presa no chão, revelando suas pernas flácidas e brancas e sua calcinha rosa rendada. A mulher instintivamente puxou para baixo o que restava do vestido. Mas havia sobrado muito pouco pano, apenas o suficiente para lhe cobrir os seios e a barriga. O homem triste tirou o paletó molhado e manchado e o amarrou na cintura da esposa, que o abraçou apertado e o beijou na bochecha cheia de graxa e breu. Faltava o senhor da cadeira de rodas. Foi o próprio comandante que o agarrou pelas axilas e tentou colocá-lo de pé. Mas suas pernas pareciam feitas de borracha, ele não conseguia se firmar no chão. O comandante o carregou segurando-o por baixo dos

braços, arrastando suas pernas pelo convés, até a poça. Lá o largou, e o senhor despencou como um peso morto na água, a boca aberta, os olhos vidrados, a cabeça pensa para o lado esquerdo. Não se mexeu. Nem piscou. Irritado, o comandante o tirou dali – quem não sabe brincar que não venha para o convés, resmungou baixinho – e ordenou que o mestre e o contramestre apanhassem a tábua de madeira e a prendessem na amurada de tal maneira que a maior parte dela ficasse para fora do navio. Sobre essa prancha, depuseram o senhor na sua cadeira de rodas. Amarraram a cadeira a cordas, fazendo-a ir até a beira da prancha e voltar. O velho não se perturbou. Manteve-se na mesma posição de sempre: boca aberta, cabeça pensa, mãos sobre o colo. Numa das idas, a corda esticou demais e a cadeira emborcou. O senhor se desprendeu e despencou. O comandante, o mestre e o contramestre soltaram as cordas e correram para a amurada. Olharam para baixo e não viram nada. Outros passageiros se achegaram ao parapeito, curiosos. Bopp e Opalka correram. Bopp chegou a colocar o pé esquerdo sobre a amurada para se jogar no mar atrás do senhor da cadeira de rodas, mas foi detido pelo comandante.
– O senhor não se preocupe. Está tudo sob controle.
O imediato tocou sua trombeta e a festa prosseguiu. A enfermeira, que subira na prancha sem que ninguém percebesse, caminhou até a ponta e pulou no mar. Não voltou à tona.
Várias outras provas se sucederam a essas. Os neófitos tiveram que correr carregando com os dentes uma colher sobre a qual se equilibrava um ovo cru; dançar aos pares com uma laranja entre as testas sem deixá-la cair; tentar, com uma bexiga de ar no pé, estourar a bexiga do pé do outro; apostar corrida levando o parceiro pelos pés, como um carrinho de

mão; correr com as pernas dentro de um saco, aos pulos; fazer mímica; criar uma coreografia que envolvesse o tonel de água; cortar os cabelos uns dos outros; lamber sabão e beijar a barriga suja de graxa de Salácia (isto é, do cozinheiro). Quando o sol começava a se pôr e os neófitos já estavam completamente sujos, esfarrapados e exaustos, se submeteram à última prova antes do batismo propriamente dito. Era a hora da batalha naval. O mestre e o contramestre estenderam uma vela de navio numa corda que haviam amarrado nos mastros que ficavam respectivamente a bombordo e a estibordo. O grupo foi dividido em dois times: de um lado da vela, as Olivinhas e os alemães, do outro, o homem, sua mulher e o inglês. Cada um dos participantes recebeu uma pedra e escolheu um lugar para si, do qual não podia se mover. Eles eram os navios e as pedras, as bombas. A ideia era que arremessassem as pedras para o outro lado, por cima da vela, às escuras, a fim de acertar o maior número de jogadores do time adversário. As Olivinhas, que, àquela altura do campeonato, mais pareciam duas maltrapilhas, com seus cabelos mal cortados e seus vestidos estropiados, iniciaram a partida. Como o time delas dispunha de um jogador a mais, elas puderam lançar a pedra juntas. Acertaram a canela direita do inglês, que perdeu o equilíbrio e tombou no chão, gemendo de dor. O homem triste atirou sua pedra com força e ela bateu na barriga de uma das Olivinhas, derrubando-a. Um dos alemães atingiu o homem triste no braço com tamanha violência que deslocou seu ombro. A mulher acertou o pé desse mesmo alemão, quebrando-lhe o mindinho. Em revanche, o outro alemão acertou a cabeça da mulher, que desmaiou. O inglês se levantou com dificuldade e, pulando num pé só, jogou sua pedra, que bateu na vela e caiu no seu próprio campo. Estava encerrada a partida. O imediato soou sua trombeta e o comandante despejou um balde de água na cabeça de cada um dos neófitos, batizando-os com nomes marinhos. As Olivinhas passaram a se chamar Sereia e Estrela do Mar. O inglês virou Ouriço. Os alemães se tornaram Atum e Sardinha. O homem triste, Tubarão, e sua mulher, que permanecia desacordada mesmo depois do balde d'água, Água Viva. Todos os passageiros aplaudiram os novos seres do mar e formaram uma longa fila para cumprimentá-los. Já era noite. Novo banquete foi servido. Agora, não só com frutos do mar, mas também com leitão e cordeiro assados. Os recém-batizados tiveram a honra de ser os primeiros a se servir e o privilégio de sentar-se à mesa do comandante, que propôs um brinde a eles. Priscila e sua trupe voltaram ao convés para embalar a festa. As danças se estenderam madrugada adentro.

Quando o sol ensaiava aparecer no horizonte e a música alegre dera lugar a um adágio, escutou-se o apito alto e grave de outro navio. Poucos eram os passageiros que ainda resistiam no convés. Bopp era o único que dançava. Opalka o observava, recostado numa cadeira. Dona Oliva dormia atirada numa espreguiçadeira abraçada às sobrinhas. Curto Chivito e Hans também dormiam abraçados, mas no chão do convés, como dois mendigos. O senhor e a senhora Andrade estavam sentados ao lado de Opalka. Ao ouvir o som do navio, o senhor Andrade se pôs em pé de um salto e correu para a amurada. Bopp parou de dançar e correu atrás. O senhor Andrade estava exaltado, à beira da taquicardia. Achava que nunca escutaria aquele apito. Pensava que fosse mito, mas, pelo visto, não era. Lá estava El Durazno diante deles, passando devagar e saudando alegremente com seu apito.

– El Durazno! El Durazno! – berrou Bopp, detendo-se afobado ao lado do senhor Andrade.

– El Durazno! El Durazno! – gritou o senhor Andrade, acenando freneticamente.

– Tenham uma ótima viagem! – acrescentou Bopp.

– Sejam felizes! – gritou ainda o senhor Andrade. – Sejam eternos!

Outras pessoas acudiram à mureta para acenar para o navio, entre elas Opalka e Dona Oliva, que acordara com o barulho. Os passageiros do El Durazno acenavam de volta. Deviam ser uns cinquenta e estavam todos nus. Nada de panos ou calçados. Nenhum lenço, nenhum chapéu, nenhuma bolsa. Nenhum acessório. Nem maquiagem as mulheres usavam. Muito menos esmalte nas unhas. A única coisa que alguns vestiam era óculos de grau. E nada mais. Os cabelos se agitavam soltos ao vento em suas cores naturais. Os pelos estavam eriçados com o friozinho que fazia àquela hora da manhã. E eles acenavam, contentes da vida. Vagavam pelos mares sem nunca desembarcar. Viviam do que pescavam. Bebiam água da chuva. E só se banhavam no mar. Eles são a humanidade liberada, disse o senhor Andrade para Bopp, com a voz embargada e lágrimas nos olhos, eles são o passado e o futuro. El Durazno ia se afastando aos poucos. Deslocava-se com a calma que lhe era habitual. Navegava como se flutuasse sobre as ondas. Mal as tocava. Parecia não ter peso.

– El Durazno! El Durazno! – berravam Bopp e o senhor Andrade em coro, acenando sempre. – Tenham uma ótima viagem!

El Durazno já ia longe. Quase não dava mais para vê-lo. Em seu encalço, seguia um bote salva-vidas, deslocando-se célere pelo mar, como se os remos fossem motores. Dentro dele, iam as Olivinhas e os alemães, sujos, lanhados e, eles também, já inteiramente nus.

CONTRA MOSQUITOS: LUVAS PARA PROTEGER AS MÃOS, SAPATOS DE CANO ALTO PARA AS CANELAS E UM VÉU PARA O ROSTO E O PESCOÇO.

NOSSA SENHORA DO DESEJO

À tarde, Dona Oliva se achava praticamente sozinha no convés, recostada numa das espreguiçadeiras. A imensa maioria dos passageiros estava recolhida em suas cabines, buscando se recuperar da festa que durara até aquela manhã. Hans e Curto Chivito ainda dormiam abraçados no chão. Seus sonos eram tão pesados que ninguém teve coragem de acordá-los. Dona Oliva não conseguira pregar olho. Não se conformava com a fuga das sobrinhas. Para piorar a situação, com a proximidade da costa, os mosquitos já começavam a frequentar o navio, e Dona Oliva não suportava mosquitos. Mal ela fechava os olhos, o zumbido dos insetos a acordava. Ela estava prestes a cair no choro, tamanho era o seu desespero, quando viu, com o canto do olho, uma mulher se movendo a alguns passos dela. Quando se virou para ver quem era, encontrou apenas Hans e Curto Chivito jogados no chão, roncando. Dona Oliva olhou de novo para os lados, mas não avistou a mulher. Encolheu os ombros e fechou os olhos para tentar dar uma cochilada. Foi quando sentiu algo tocando em seu rosto, bem de leve. Pensou que fosse um mosquito. Abriu os olhos irritada, pronta para dar um safanão no maldito, e deu de cara com a mulher. Ela estava se sentando na cadeira a seu lado. Usava um vestido branco e longo, de mangas compridas e gola alta, com muito pano. Tanto pano que, quando ela se acomodou na cadeira, o vestido ficou todo dobrado sobre as suas pernas e pelo chão. Parecia ter saído de uma pintura. Por cima de tudo, a mulher usava um véu também branco, de renda, leve e vaporoso. Deve ter sido esse véu que roçou no meu rosto quando ela passou, pensou Dona Oliva. O véu era preso no alto dos cabelos castanhos da mulher por uma coroa dourada. Dona Oliva nunca a tinha visto no navio e falou isso a ela. A mulher lhe disse que era a Nossa Senhora do Desejo e que estava ali apenas de passagem. Era bem branca, quase da cor do seu vestido, e Dona Oliva imaginou que os mosquitos deviam fazer a festa naquela pele tão clara. Por isso, perguntou à mulher se o véu era para os mosquitos. A mulher riu e disse que não, mas que servia maravilhosamente para esse fim, já que os impedia de se aproximarem. Quando acontecia de virem muitos, falou ela para Dona Oliva, bastava juntar as duas laterais para formar uma cabaninha antimosquito. Era um mosquiteiro divino. A mulher perguntou se Dona Oliva queria experimentar o véu. Dona Oliva assentiu e a mulher se levantou, tirou a coroa e o véu e os ajeitou na cabeça da outra. Fechou as laterais e a deixou presa lá dentro. Os mosquitos não conseguiam chegar. Era delicioso.

– O paraíso – disse Dona Oliva à mulher.

Esta sorriu e, antes de ir embora deixando Dona Oliva com o véu, falou:

– Isso mesmo, a senhora tem toda razão, o paraíso é igualzinho a aqui, só que sem mosquitos.

**NÃO USE CHAPÉU DE EXPLORADOR.
O USO DE UM DELES POR UM ESTRANGEIRO
CRIA MÁ IMPRESSÃO NOS BRASILEIROS.**

DESESPERADAMENTE VERDE

Era manhã. O ar estava abafado, quente. O excesso de umidade indicava que, muito em breve, o navio chegaria à selva. Estavam todos prostrados nas espreguiçadeiras do convés. Em silêncio. Dona Oliva, no centro, com o rosto afogueado e a respiração ofegante, se abanava efusivamente com seu leque chinês. A seu lado, o senhor Andrade estava completamente recostado, com a cabeça para trás e o chapéu sobre o rosto, não se sabe se era para proteger a pele do sol ou para disfarçar o cochilo. Se era por pudor, o gesto fora inútil: seu ronco soava alto, capaz de acordar defunto. A senhora Andrade ria baixinho do comportamento inconveniente do marido. Do outro lado de Dona Oliva, estavam Bopp e Opalka. Este último tentava ler, mas seus olhos fechavam, sua cabeça pendia e, quando seu queixo alcançava o peito, acordava novamente. Bopp brincava com um miolo de pão que havia transformado em bolinha. Girava-o entre os dedos e, depois, deixava-o rolar até a palma da mão para, em seguida, recomeçar o ciclo. A seu lado, Curto Chivito, de cenho franzido, escrevia num caderninho branco. Por vezes, levantava a cabeça e fazia contas nos dedos. Hans, com a cabeça apoiada no encosto da espreguiçadeira, cuidava o mar, como se procurasse algo, ou alguém, entre as ondas. De repente, se levantou e caminhou até a amurada do convés. Debruçou-se nela e ficou a olhar para o horizonte, para a terra que despontava lá no fundo, ainda indefinida. Foi aí que ele começou a falar, como nunca o fizera antes, aos borbotões, emendando uma frase na outra, sem pausa, sem se preocupar se os outros prestavam atenção, como se apenas o mar fosse o seu interlocutor. Contou que tinha um amigo que morava no Brasil e que esse amigo falava muito de um tio, um tio que já morrera. Esse tio fora um dia um fazendeiro respeitado em sua cidade. As pessoas acudiam à sua casa para lhe pedir conselhos. Tinha fama de ponderado. Estava sempre bem penteado e vestido. Segurava a porta para as senhoras passarem, ajudava o cego da cidade a atravessar a rua, falava baixo, comia de boca fechada e jamais palitava os dentes, nem mesmo escondido no banheiro escuro. Só uma coisa o tirava do prumo: as esmeraldas. Era louco por elas. Vivia com uma delas debaixo da língua, porque dizia que, assim, poderia prever o futuro. Recém-casado com a filha de um fazendeiro, decidiu que estava na hora de se dedicar ao que ele tanto amava. Vendeu a fazenda, as cabeças de gado, as galinhas e os porcos e comprou várias terras em que acreditava haver esmeraldas, terras que ficavam longe e para as quais ele se mudou com a esposa. Contratou dezenas de garimpeiros e os espalhou pelas novas terras. Queria ver o quanto antes suas pedras preciosas. Quando a mãe ficou sabendo o que o filho fizera, caiu no choro. O pai lhe disse que aquilo tudo era insanidade, que não fazia sentido uma pessoa como ele, tão cordata, agir daquela forma passional, que o melhor, o mais viável economicamente, seria continuar trabalhando nas antigas terras. A mulher era a única que lhe dava apoio, embora, à noite, tivesse pesadelos, nunca revelados a quem quer que fosse, em que se via de volta à fazenda, com a roupa em farrapos, descabelada, no meio de um monte gigante de feno a procurar por esmeraldas sem jamais encontrá-las. O tio seguiu com seu plano. O tempo passou e nada de achar esmeraldas em seus terrenos. A mulher, já grávida de sua filha (que, é claro, se chamou Esmeralda), cobrava resultados e ele lhe garantia que era preciso ter paciência, que as esmeraldas não custariam muito mais a aparecer. Mas elas não apareceram e não apareceriam, porque elas não existiam. Jamais se extrairiam esmeraldas daquelas terras, e o tio começou a desconfiar disso. Com o dinheiro que lhe sobrara, foi à metrópole, comprou uma centena de esmeraldas brutas e, de madrugada, enterrou-as uma a uma nas suas terras. Nos dias subsequentes, os garimpeiros começaram a encontrá-las. As esmeraldas lhes apareciam soltas, e eles estranharam isso, mas não comentaram nada. Acharam que se tratava de milagre: uma resposta de Nossa Senhora Aparecida aos apelos desesperados que a mulher do patrão dirigia à santa nos últimos tempos. O tio convidou então o pai, a mãe, os irmãos, as cunhadas e os sobrinhos para um grande almoço em família em comemoração ao nascimento de sua filha e ao sucesso do seu negócio. Um porco inteiro, recheado com galinha, foi assado e levado à mesa com uma coroa de esmeraldas na cabeça. A mãe do tio era puro sorriso. Embalava a netinha no colo sem parar de elogiar a inteligência do filho. O pai o chamou num canto e lhe pediu desculpas por não ter acreditado na sua imensa capacidade intuitiva. O tio ficou tão contente com a resposta da família que foi novamente à metrópole e fez um empréstimo. Comprou mais esmeraldas, enterrou-as nas suas terras durante a madrugada e promoveu novo encontro familiar para festejar a descoberta. Assim fez, até se atolar em dívidas impossíveis de serem pagas.

– A felicidade da família era a sua felicidade, e isso, para ele, era a única coisa que importava – concluiu Hans, voltando-se finalmente para seus companheiros de viagem que, agora despertos, olhavam para ele e, além dele, para a infinita e assombrosa floresta que se avistava ao fundo, desesperadamente verde como uma esmeralda.

| QUANDO UM NAVIO ENTRA NO RIO EM PLENA FLORESTA,
OS NATIVOS PARAM DE REMAR SUAS CANOAS
PARA VER A ENORME EMBARCAÇÃO PASSAR.

Ribeirinhos de uma comunidade extrativista do Pará encontraram, na tarde de ontem, a mítica Cobra Grande encalhada num banco de areia no rio Tapajós, região central da Amazônia, a cerca de mil quilômetros de distância do oceano Atlântico. Técnicos da polícia local suspeitam que não se trate da Cobra Grande, mas de uma baleia que tenha se desgarrado de seu caminho e entrado, por engano, no estuário do rio Amazonas pela ilha de Marajó. Estima-se que o animal possa estar ali há mais de dois meses. Por precaução, as crianças foram orientadas a não nadar na região.

TUDO ACABOU

Como Natanael havia prometido, Jean-Pierre esperava Opalka no porto. Era fácil distingui-lo entre a multidão de curiosos e pessoas que aguardavam parentes ou amigos aportarem. Era o mais alto e o mais branco de todos. Usava chapelão de palha, sandália de couro de jacaré, que deixava seus dedos à mostra, calça larga de linho claro dobrada até a metade do tornozelo, camisa de algodão da mesma cor da calça com as mangas arregaçadas e, por cima de tudo, um colete de cetim verde estampado. No ombro direito, levava um jacaré de pelúcia de cerca de um metro de comprimento no mesmo tom de verde do colete. Estava acompanhado de quatro mulheres: duas eram indígenas, uma branca e a outra, oriental. Todas tinham as peles bronzeadas e se vestiam da mesma forma: sandália de couro igual à de Jean-Pierre, vestido branco de algodão com gola de renda e inúmeros colares de miçangas coloridas. Os cabelos desciam soltos pelas costas até quase a cintura, e elas não traziam chapéu. Jean-Pierre caminhou em direção a Opalka, que desembarcara do navio seguido por Bopp e suas malas.

– Bem que Natanael me falou: o senhor se parece muito com ele – disse Jean-Pierre puxando os erres. – Eu sou Jean-Pierre e estas são as Clodiás – acrescentou, estendendo a mão direita para Opalka e depois para Bopp.

Bopp estranhou que as mulheres tivessem todas o mesmo nome. Jean-Pierre sorriu e lhe disse que originalmente não tinham. A única verdadeira Clodiá era a branquinha, a mais velha das quatro, que viera para a Amazônia com Jean-Pierre havia mais de vinte anos. As moças indígenas, que eram as mais novas, ele conhecera na floresta e se apropriara delas já fazia algum tempo. A oriental, ele trouxe da China, quando visitara o país no ano anterior. Não se lembrava mais como se chamavam as indígenas e a chinesa: os nomes eram muito complicados. Disse que passara a chamá-las Clodiá para não correr o risco de trocar os nomes. Todas as mulheres com quem se relacionara haviam virado Clodiás. E as futuras também virariam. Se acaso um dia tivesse uma filha, ela também se chamaria Clodiá. Assim era mais simples e prático, e evitava aborrecimentos desnecessários. Essa variedade de nomes não leva a nada, serve apenas para deixar os homens confusos, disse ainda, acrescentando que o homem de hoje já tem preocupações suficientes para ocupar sua mente. Se ainda tiver que decorar os diferentes nomes das suas mulheres, enlouquece. Opalka ouvia tudo quieto, parecia não estar prestando atenção na conversa, e Bopp achou melhor não retrucar.

 Jean-Pierre ordenou que as Clodiás levassem as bagagens dos recém-chegados para o carro. Opalka e Bopp se opuseram. Jamais deixariam que elas carregassem suas malas. Mas as Clodiás, ignorando os protestos dos dois, se aproximaram e, antes mesmo que eles pudessem reagir, pegaram as malas nos braços e saíram correndo em direção ao carro, uma picape Ford preta. Bopp saiu correndo atrás. As Clodiás, vendo que ele as seguia, aceleraram. A branquinha, como era mais velha e mais mirrada, não conseguiu acompanhar as outras e Bopp logo a alcançou, agarrando-a fortemente pelos longos cabelos. Ela corria abraçada à menor das malas de Bopp. Com a parada súbita, deixou-a cair. Ao bater com violência no chão, o cadeado da mala quebrou, esparramando pelo cais roupas, cadernos e lembrancinhas de todas as partes do mundo. Bopp soltou a Clodiá e se abaixou para recolher suas coisas, colocando tudo de qualquer jeito dentro da mala. Quando não havia mais nada no chão, fechou a bagagem e saiu correndo com ela no colo, mas, a poucos passos dali, tropeçou numa pedra e caiu. Clodiá aproveitou a queda de Bopp para recuperar a mala e correr em direção ao carro o mais depressa que podia. As outras Clodiás esperavam os homens sentadas em cima das malas, que tinham acomodado no bagageiro da picape. A branquinha chegou esbaforida, com o rosto pontuado de manchas vermelhas produzidas pelo esforço. Colocou a mala restante ao lado das demais e pulou para dentro da carroceria, juntando-se às companheiras. Bopp, não menos ofegante que ela, saltou atrás e se sentou a seu lado. Jean-Pierre assumiu a direção do veículo sem tirar o jacaré de pelúcia do ombro e Opalka ocupou o banco do passageiro.

– O senhor quer ir direto para o hospital ou prefere passar antes na casa de Natanael para deixar seus pertences?

– Por favor, vamos direto para o hospital.

A picape se deslocava aos solavancos pelas ruas esburacadas. Opalka olhava distraído pela janela. Não reconhecia a cidade que cogitou adotar como sua trinta e cinco anos antes. Estava tudo mudado. Não tanto os prédios e as outras construções, que ainda eram os mesmos, mas tudo o mais. A cidade tinha perdido o brilho de antigamente. Estava opaca. As pessoas andavam mais encurvadas e tristes. Caminhavam de cabeças baixas, olhando para o chão, para o granito das calçadas, antes tão novo, agora malcuidado e quebradiço.

– Isto aqui já foi grande – disse Jean-Pierre ao perceber que Opalka observava a cidade. – Mas agora não é mais. Quando cheguei aqui, ela era puro movimento. Tinha gente de toda parte. O senhor deve saber disso, porque, pelo que Natanael me contou, o senhor esteve aqui quando a cidade estava no auge. Não foi? Mas isso é passado. A cidade hoje está morta. O senhor vai ter que se acostumar com isso. Porque o senhor sabe que não poderá voltar, pelo menos não por agora, não sabe? O senhor ouviu as últimas notícias? A Polônia acabou. Anunciaram hoje. Acabou. Foi tomada. Daqui a pouco, toda a Europa não vai existir mais, se é que ainda existe. O negócio é ficar por aqui mesmo. Aproveitar, antes que a cidade morra de vez, para sempre. Aqui pelo menos é quente. Não faz aquele frio medonho da Europa. E tem verde. Um verde lindo. Pena que tudo isso um dia vai acabar também.

Jean-Pierre fez uma pausa antes de continuar.

– Ultimamente tenho pensado muito nesta cidade. No que fazer com esta cidade. O senhor sabe, eu tenho dinheiro. Muito dinheiro. Crio jacarés por hobby, mas estou ganhando uma fábula com a venda desses sapatos abertos. Este aqui que estou usando, ó. É o mesmo que as Clodiás usam. O Ronaldo – disse ele, apontando para o jacaré de pelúcia em seu ombro – é meu amuleto. Me dá sorte. É ele que me traz dinheiro, que não me deixa perder um mísero centavo. Com esse dinheiro todo, eu poderia criar um teatro ainda mais bonito que o daqui. Muito maior, mais vistoso, mais rico. Poderia enchê-lo de ouro.

Poderia promover festivais de música clássica. Poderia trazer convidados de fora, tenores, sopranos, pianistas. Ou até aquela mocinha do Cassino da Urca que está fazendo sucesso nos Estados Unidos. Poderia promover festivais de teatro também. Talvez até investir na formação de grupos locais. Criar escolas de música, de belas artes. Trazer muita gente de fora, gente que não vai ter para onde ir, agora que a Europa está desmoronando. Poderia construir outras coisas também. Cinemas, talvez. Casas de espetáculos. Poderia montar uma programação para o ano inteiro, para ter uma grande atração a cada semana. Agitar esta cidade, incluí-la no circuito mundial. Fazer dela o grande centro cultural do país, a cidade do futuro. Do futuro. Mas – falou Jean-Pierre por fim, estacionando o carro diante do hospital –, fico me perguntando: pra quê?

MANAUS FAZ LEMBRAR O ORIENTE: POR TODA PARTE, MENDIGOS EXIBINDO SUAS DEFORMAÇÕES, CRIANÇAS NUAS E REMELENTAS E ALTAS E PORTENTOSAS PALMEIRAS ONDULANTES.

O QUE VOCÊ VÊ QUANDO ME VÊ

Na porta do hospital, havia um homem de uns quarenta anos, com um avental branco por cima do terno escuro e óculos redondos de aro de tartaruga. Estava de pé, olhando impacientemente para os lados enquanto esfregava uma mão na outra sem parar. Por vezes, consultava o relógio de bolso e, nervoso, mordia os lábios rachados. Quando viu a picape de Jean-Pierre estacionar, foi até ela e abriu a porta para Opalka sair. Era o médico de Natanael, Amado Silva. Bopp já tinha pulado do bagageiro e ajudava as Clodiás a descer quando ouviu Opalka perguntando pelo filho. Amado Silva, que, depois de cumprimentar Opalka, colocara as mãos nos bolsos por não saber o que fazer com elas, baixou os olhos por longos segundos antes de encará-lo novamente e dizer, sem muita delonga, que sentia muito, mas Natanael estava morto.

Morrera havia menos de uma hora. Seu estado se agravara muito na última semana. Como os médicos não conseguiam identificar a causa de sua doença, não sabiam como reverter o quadro. Isso angustiava particularmente Amado Silva, que acabara ficando amigo de Natanael, seu último e único amigo, com quem ele conversava por horas e horas até perder a consciência. Mesmo quando a febre batera a casa dos quarenta graus e de lá não baixara mais, fazendo-o suar e delirar, Natanael nunca se esquecera do pai; nem mesmo nos momentos em que parecia ter perdido contato com a realidade, nunca deixara de perguntar por Opalka, como fazia

sempre, desde que enviara a primeira carta, pelo menos uma vez por dia. Pressentia que não viveria muito mais e temia que Opalka não chegasse a tempo.
— Ele queria muito ver o senhor — disse Amado Silva. — Ele me contou uma série de histórias suas, de quando o senhor esteve aqui na Amazônia no início do século, de como o senhor adoeceu como ele e ninguém sabia dizer o que era e como curá-lo, de como a mãe dele cuidou do senhor e conseguiu embarcá-lo num navio, mesmo ainda muito doente e com febre, para que o senhor recebesse um tratamento melhor na Europa. Para que o senhor se salvasse.

Amado Silva se interrompeu. Depois de uma breve pausa, repetiu:
— Ele queria muito ver o senhor.

Opalka baixou a cabeça e cobriu o rosto com as mãos. Bopp parou a seu lado e passou o braço esquerdo pelos seus ombros sem que Opalka esboçasse resistência. Jean-Pierre abraçou as Clodiás e escondeu o rosto em seus cabelos. Amado Silva se aproximou de Opalka e, falando baixinho, quase num sussurro, perguntou se ele gostaria de ver o filho. Opalka assentiu com a cabeça e Amado Silva o conduziu hospital adentro até o fundo do corredor escuro, onde ficava o quarto de Natanael. Chegando lá, disse-lhe:
— Deixo-o sozinho para que o senhor se sinta mais à vontade.

Opalka caminhou até a porta do quarto e, bem próximo a ela, parou e respirou fundo. Pigarreou, alisou o paletó e, com a mão esquerda, tirou o chapéu de explorador, que encostou no peito. Estendeu a mão direita para a frente e, com ela, envolveu a maçaneta dourada. Antes de girá-la, parou novamente por um curto instante, como se medisse a força que deveria empregar para abri-la. Abaixou a cabeça e viu uma mancha na manga direita do paletó claro. Era uma mancha escura, alongada, perpendicular ao punho, de uns cinco centímetros de comprimento. Parecia ser mancha antiga, talvez adquirida na viagem de navio. O que outrora fora líquido havia se entranhado totalmente no tecido, endurecendo as fibras do linho. Pela cor, podia ser vinho, molho ou sangue. Pela textura, se assemelhava mais a sangue seco. Opalka tirou a mão da maçaneta, levou o braço até o nariz e cheirou a mancha. Já não tinha mais cheiro. Tratava-se mesmo de uma mancha antiga. Devia ter pelo menos alguns dias. Opalka não tinha ideia de onde poderia ter se sujado. Não se lembrava de ter se cortado nem de ter derrubado vinho. Talvez houvesse encostado a manga do paletó no molho da carne numa das últimas refeições a bordo. Ou talvez não fosse ele o responsável pela mancha. Bopp, sempre estabanado, talvez tivesse derramado alguma coisa em seu braço sem querer, sem que Opalka houvesse percebido. O que quer que fosse, não sairia tão fácil. Compraria vinagre. E água oxigenada. Muito certamente, ele encontraria essas substâncias ali no hospital. Mas não as pediria. Se Bopp estivesse agora com ele, sem dúvida as pediria. Mas Bopp não estava. Era a primeira vez que Opalka se via sozinho em toda a viagem. Colocou o chapéu de explorador embaixo do braço, passou o polegar esquerdo na língua e o esfregou vigorosamente sobre a mancha, buscando, inutilmente, limpá-la. Depois de mais algumas tentativas, desistiu. Encostou novamente o chapéu no peito, ergueu a cabeça, corrigiu a postura, girou a maçaneta e, enfim, entrou no quarto.

    Lá dentro, tudo era branco: do chão ao teto, da cama à cômoda, dos lençóis à cortina. Isso fazia com que a luz que entrava pela janela aberta tornasse o quarto ainda mais claro. Opalka fechou a porta atrás de si e permaneceu junto dela, parado, segurando agora o chapéu de explorador pela aba com as duas mãos, os braços para baixo, esticados e apoiados nas coxas. Seus olhos, comprimidos, piscavam repetidas vezes, tentando se acostumar com o excesso de claridade. Percebeu que o quarto era quadrado, arejado, com poucos móveis e bastante espaço livre. Na parede oposta, ficava a janela. Uma janela grande, com vista para as árvores do pátio. Ao lado da janela, no canto direito da parede, havia uma cômoda de madeira pintada de branco com três gavetas e um espelho. Em cima dela, um vaso de flores. A cama, de ferro, também pintada de branco, ficava no centro e estava coberta com um mosquiteiro. Do lado direito, havia a mesa de cabeceira, no mesmo estilo da cômoda. Do outro lado, a toalete, sobre a qual se assentavam uma bacia e uma jarra com água. Opalka permaneceu parado, observando atentamente cada detalhe do quarto, mas não se fixando em nada específico. Evitava olhar para a cama. Era lá que estava seu filho. O corpo de seu filho. Ouviu passos no corredor e olhou para a porta, para a maçaneta, esperando vê-la girar. Fez menção de colocar o chapéu de novo na cabeça, mas percebeu que os passos se afastavam. Interrompeu o gesto no meio do caminho e assim ficou: parado, com os braços no ar, segurando o chapéu pela aba com as duas mãos, como se a qualquer momento fosse preciso recolocá-lo na cabeça. Permaneceu nessa posição até o barulho no corredor desaparecer por completo. Segurou então novamente o chapéu com a mão esquerda, encostando-o ao peito. Levantou o braço direito e o aproximou dos olhos. Examinou de perto a mancha na manga do paletó. Era mesmo uma mancha antiga. Ia custar a sair. Contrariado, estalou a língua e, num gesto abrupto, deixou cair o braço direito ao lado do corpo. Olhou para a janela. O sol já começava a se pôr. Em pouco tempo, não haveria mais luz naquele quarto branco, teria que ligar a lâmpada. Observou então a cômoda e contou as flores que havia no vaso: vinte e uma, dez brancas e onze amarelas. Baixou a cabeça e notou que a madeira do piso estava arranhada e gasta. Olhou para os próprios sapatos e viu que também estavam gastos. Eram fundos, os sulcos no couro. Chegava a ser vergonhoso. Como pudera viajar assim? Possuía aqueles sapatos havia tanto tempo. Quem sabe não fora com eles que viera pela primeira vez à Amazônia? Não se lembrava. Olhou então para as mãos que seguravam o chapéu e fungou. Deu um passo à frente e estacou. Revirou o chapéu entre os dedos e mordeu os lábios. Voltou-se finalmente para a cama. Estava a dois passos dela. Só a dois passos. Opalka foi até a beira da cama e parou por um instante. Olhou para os lados e depois para trás, de onde viera. Viu a única cadeira do quarto e recuou. Depositou sobre ela o chapéu de explorador. Feito isso, caminhou de volta até a cama. Posicionou-se bem no centro dela, do lado esquerdo. Com a mão direita, levantou o mosquiteiro, enrolando-o no alto. Natanael estava deitado de olhos fechados, com um meio sorriso no rosto. Parecia estar dormindo, sonhando que não estava ali, que estava numa praia ou na beira do rio pegando sol. O lençol cobria parte de seu corpo, indo até a altura do peito. Apesar da doença, que o deixara visivelmente abatido e pálido, aparentava ser mais jovem do que era. Usava barba e tinha a boca fina como a de Opalka. O nariz, pequeno e delicado, lembrava o da mãe. Estava de avental branco, com as mãos cruzadas sobre o peito. Entre os dedos, segurava uma fotografia. De onde estava, Opalka não podia ver quem figurava nela. Encarou o rosto sereno do filho como se pedisse licença, e inclinou um pouco o tronco para a frente, tentando ver melhor a foto. Mas não conseguiu. Sua visão não era mais a mesma. Estendeu o braço em direção às mãos de Natanael, mas interrompeu o gesto antes de completá-lo. Talvez temesse ser invasivo. Olhou, agora de lado, para o filho. Ficou um bom tempo a observá-lo. Era impressionante como parecia tranquilo. Se não fosse a pele mais pálida que o normal e os lábios ressequidos, não duvidaria que estivesse adormecido. Opalka chegou ainda mais perto e tocou de leve suas mãos. Seus dedos, que seguravam com força a fotografia, ainda estavam quentes, mas não tão quentes quanto os de Opalka. Este então apertou as mãos do filho entre as suas como se quisesse esquentá-las. Depois, passou as pontas dos dedos da mão direita sobre o rosto de Natanael, afastando uma mecha de cabelo que havia caído sobre sua testa. Pegou, por fim, a foto. Era uma fotografia sua, de quando estivera na Amazônia e conhecera e amara a mãe de Natanael, a mãe do filho que não sabia ter, a mãe do seu filho morto. A fotografia fora tirada na beira de um rio, no meio da floresta. Não lembrava mais por quem. Via-se a margem do rio e as árvores que a ladeavam. Opalka estava numa clareira, no canto esquerdo da foto, em pé, com calça e camisa de algodão e botas de couro. Usava barba e o mesmo chapéu de explorador que, naquele momento, descansava sobre a cadeira do quarto de Natanael. A seu lado, havia uma mesa improvisada com galhos grossos sobre a qual se encontravam duas panelas pequenas, um prato, um copo e um cupuaçu aberto. Abraçada a seu tornozelo direito, estava Frida, a macaquinha que seguia Opalka por toda parte e que ficara com a mãe de Natanael quando ele teve de partir. Na imagem que tinha nas mãos, em que reconhecia muito mais o filho do que a si mesmo, Opalka sorria, mostrando os dentes superiores, retos e brancos.

| **NAS CIDADES COSTEIRAS,
O ALTO GRAU DE UMIDADE
PODE MINAR A ENERGIA DO RECÉM-CHEGADO.**

O CADERNO DE NATANAEL

Opalka preferiu ir sozinho à casa de Natanael para escolher a roupa com que o filho seria enterrado. A casa era a mesma de anos atrás, pequena, de madeira escura, montada sobre palafitas para não correr o risco de ser inundada pelas enchentes, embora ali a água não chegasse com tanta frequência. Ficava no meio do mato, numa clareira entre árvores altas, perto de um igarapé. Opalka se lembrou da dificuldade que tinha para subir os degraus que levavam à entrada da casa. Na época, estava muito debilitado, à beira da inconsciência. Nunca soubera precisar se o que recordava daquele tempo era memória ou delírio. Ao entrar na casa, reconheceu os móveis da pequena sala. Eram os mesmos de então: um sofá de três lugares já bastante surrado, uma mesa quadrada de madeira, uma cadeira de palha e uma cristaleira com alguns livros, a maioria deles de viagem, e com bibelôs de porcelana em formato de animais: porco, elefante, macaco, gato e cachorro. A cozinha era minúscula e comportava apenas um fogão e uma estante com mantimentos diversos. No quarto, havia um armário e duas camas de solteiro, iguais, de ferro, cobertas por imensos mosquiteiros. De dentro do armário, Opalka tirou um terno de linho claro, o melhor que encontrou, e o depositou sobre uma das camas. Separou também um par de sapatos de couro. Não havia quadros nas paredes, nem fotografias. Os únicos enfeites de toda a casa eram os bibelôs de porcelana. Opalka voltou à pequena sala e caminhou até a janela, embaixo da qual ficava a mesa quadrada de madeira, com um dos lados encostado na parede. Em cima da mesa, estavam um caderno fechado de capa dura vermelha tamanho ofício, um pote de tinta também vermelha e uma pena. Sentou-se então na cadeira de palha e abriu o caderno, no qual estava escrito:

> Fazer um livro antigo
> um livro de viagens
> com páginas que se desdobram
>
> A história começará numa cidade grande
> – numa metrópole –
> ou à beira-mar
>
> Será a história de um homem só
> um homem velho
> um homem cansado
>
> O homem terá uns sessenta anos
> usará terno branco e sapatos bicolores
> e terá um chimpanzé
>
> Seu chimpanzé será imenso
> do tamanho do meu personagem
> alto e forte como um escandinavo
>
> Terá a pelagem cinza-claro
> (E que não venham me incomodar dizendo
> que chimpanzés não têm pelos cinza-claros

Se eu quiser que meu chimpanzé
tenha pelos cinza-claros
ele terá)

Sua pelagem será lisa e brilhante
como um tapete peludo
daqueles que só existem no Sul

Seus olhos serão puxados,
luzidios e azuis
como os do meu personagem

O homem e o chimpanzé serão muito amigos
(talvez amantes)
e dormirão no mesmo quarto

O chimpanzé terá uma cama de viúva
e o homem, uma de solteiro convencional
E nenhuma mulher aparecerá na história

Os dois serão muito apegados
Irão juntos ao armazém
à feira

à praça
ao restaurante
ao cinema

ao dentista
(o chimpanzé terá um dente de ouro)
e ao cabeleireiro

que cuidará com o mesmo zelo
dos cabelos louros do homem
e da pelagem cinza-claro do chimpanzé

Um dia, o homem terá que viajar
Ele terá sonhado que há um segredo
e que este precisa ser revelado

– um segredo sobre sua origem
escondido numa caixinha de madeira
com tampa de madrepérola –

O segredo estará do outro lado do país
desse país imenso
que ele acredita ser seu

Ele pegará um trem
– não! –
Ele pegará um barco

Um vapor do Lloyd Brasileiro
onde o tempo custará a passar
e o homem pensará que vaga pelo inferno

O chimpanzé será impedido de ir:
"A viagem será muito longa e desgastante
Não convém você enfrentá-la"

Mas o chimpanzé não se conformará
Ele se fechará dentro de um dos baús do homem
sem que este desconfie

Chegando a seu destino
o homem abrirá sua bagagem
e verá o chimpanzé

dentro do baú
dobrado ao meio
em posição fetal

cabeça inclinada
olhos fechados
boca aberta

nas mãos enrijecidas
uma caixinha de madeira
com tampa de madrepérola

O homem se ajoelhará
ao lado do baú
abraçando o chimpanzé com toda a sua força

Sua cabeça cairá
por sobre o corpo
do seu maior amigo

Seus cabelos louros se misturarão
à pelagem cinza-claro – antes tão bela e viva
agora ressecada e sem brilho

A escrita – arredondada, meio infantil, de letras grandes e levemente inclinadas para a esquerda – se interrompia bruscamente. Uma mancha vermelho-escura se alastrava pela folha do caderno, delineando uma estranha forma que lembrava um corpo estendido no chão. Assombrado, Opalka fechou o caderno. Levantou-se, foi até o quarto e pegou o terno e os sapatos que havia separado. Quando já estava do lado de fora da casa, voltou. Tirou do bolso a fotografia que Natanael havia lhe enviado numa das cartas e a pôs em cima da mesa, em pé, encostada no parapeito da janela.

PRÓXIMO DOS MANANCIAIS
AMAZÔNICOS, HÁ UMA
CAVERNA DE MORCEGOS.

LÁ, NA SEMIOBSCURIDADE,
CENTENAS DE MORCEGOS
- ALGUNS DA FAMÍLIA DOS VAMPIROS -

VOAM SEM PARAR
A POUCOS CENTÍMETROS
DAS CABEÇAS DOS VISITANTES.

PARA NÃO ESQUECER

O enterro foi no dia seguinte pela manhã. Estavam lá Amado Silva, Jean-Pierre e as quatro Clodiás, todas de vestido preto, sandália de couro, colar de miçangas verde-escuras e cabelo preso num coque. Jean-Pierre vestira o jacaré de pelúcia que levava sempre no ombro com um colete preto de cetim igual ao que usava por cima do conjunto de calça e camisa azul-marinho de linho. Amado Silva chorava e, por vezes, secava as lágrimas num lenço de seda que trazia no bolso do paletó. Bopp, que havia sumido, apareceu ofegante, de terno escuro e chapéu cinza, com um imenso buquê de lírios nos braços. Chegou a tempo de ajudar Opalka e as Clodiás a carregar o caixão. Enquanto o padre encomendava o corpo, ficou quieto ao lado do amigo. Terminada a cerimônia, cada um dos presentes se aproximou de Opalka e, em silêncio, o abraçou apertado antes de sair. Ficaram só ele e Bopp diante da tumba de Natanael, a mesma de sua mãe. Opalka, de cabeça baixa, segurava o chapéu de explorador contra o peito.

– Tome – disse Bopp, estendendo-lhe um caderninho preto. – É um presente. Serve para fazer anotações. Para que o senhor escreva o que passou. Ajuda a superar. E a não esquecer. A gente escreve para não esquecer. Ou para fingir que não esqueceu.

Bopp se calou e, depois de um tempo, acrescentou:

– Ou para inventar o que esqueceu. Talvez a gente só escreva sobre o que nunca existiu.

Bopp será sempre um desses sujeitos cuja vida é muito maior que a obra. Quando acontecia num lugar, era sinal de partida imediata. Tinha um cata-vento na cabeça e botas de sete léguas.
- Aonde vais, Bopp?
- Vou ali e já volto.

Ali: expressão das distâncias. Já: eliminação do tempo. E partia Bopp mais uma vez, para além dos limites comuns, para os longes. Há mesmo quem julgue que Bopp nunca existiu. É uma espécie de Pedro Malazartes que entrou para o rol das histórias maravilhosas que as mães contam para os filhos. Já algumas pessoas me disseram isso. Ficaram admiradas de Bopp existir, pensavam que ele era somente personagem daquelas histórias de viagem que contavam na terra de meu filho. Encontrei, certa vez, um rapaz que, apesar de ter sido companheiro de quarto de Bopp, não acreditava na existência dele. Achava que fosse inventado. Talvez Bopp, ainda vivo, tenha uma biografia assim: ABC de Bopp e o subtítulo "poeta viajante e pintor de tabuletas". Talvez os autores do povo escrevam um dia a verdadeira biografia do meu amigo, cantada em versos quebrados, bem Bopp. Na Amazônia, continuei a ouvir coisas malucas sobre ele. Disseram-me que Bopp cruzara não sei quantos estados em jangada, que em Mato Grosso o bacharel Bopp pintara as placas dos armazéns de uns árabes e que ficara demais antropófago no meio dos índios. Outra vez, na selva, perdeu-se em companhia de caboclos e, durante meses, beirou as margens moles do rio. Estava atrás da Cobra Grande. Ansiava encontrá-la para desafiá-la a uma partida de xadrez. Quase acredito mesmo que ele era lendário, figura de livro. Só lamento que ele próprio não tenha querido até agora escrever seu romance de aventuras.

DESCRIÇÃO DO MUNDO

Opalka retornou à casa do filho. Era ali que ficaria pelos próximos meses ou talvez pelos próximos anos ou ainda, quem sabe, para sempre. Cabisbaixo, com os ombros caídos, apalpou os bolsos do paletó à procura da chave e acabou encontrando o caderninho preto que havia pouco Bopp lhe dera. Tirou o caderninho do bolso e o folheou. Não era novo. As bordas estavam até um pouco amareladas. Mas nunca tinha sido usado. Suas páginas, pautadas, estavam em branco. Opalka fechou o caderninho e o recolocou no mesmo bolso de onde o havia tirado. Remexou os outros bolsos atrás da chave, que encontrou na parte de trás da calça. Abriu enfim a porta e se viu novamente na pequena sala da casa do filho. Cheirava a mato, e Opalka gostava disso. Aspirou fundo como se quisesse botar para dentro de si todo o ar do ambiente. Suspirou, corrigiu a postura e se dirigiu até a mesa que ficava debaixo da janela sempre aberta. Em cima dela, ainda estava o caderno vermelho de Natanael. Passou os dedos sobre a capa do caderno como se alisasse, de leve, os pelos sedosos de sua Frida. Abriu-o e, ainda de pé, releu as anotações de Natanael. Algo próximo a um esboço de sorriso desanuviou seu rosto cansado. Opalka leu tudo de novo, e mais outra vez, até que decorou o que estava escrito. Fechou então o caderno vermelho e o guardou na cristaleira, entre o macaco e o gato de cerâmica.

Voltou à mesa e se sentou na cadeira de palha. Tomou o caderninho preto que Bopp havia lhe dado, abriu-o e, com a pena e a tinta vermelha de Natanael, escreveu em maiúsculas no centro da primeira página:

OPISANIE ŚWIATA

Largou a pena, apoiou o queixo nas mãos e refletiu alguns instantes, sem tirar os olhos do papel. Num ímpeto, riscou o que escrevera e virou a folha do caderninho. No centro da página direita, anotou, traduzindo para o português o que tinha grafado pouco antes em polonês:

DESCRIÇÃO DO MUNDO

Pensativo, alisou a testa com a mão esquerda. Depositou a pena no tinteiro e, com os cotovelos apoiados na mesa, passou as duas mãos em torno dos olhos, massageando essa região de seu rosto. Ora olhava para o que escrevera, ora fechava os olhos e baixava a cabeça. Fez menção de se levantar da cadeira, mas sentou-se novamente. Riscou o que tinha anotado, virou a página e escreveu:

MEMÓRIAS

Passou um tempo olhando para o papel, sobre o qual colocou a pena molhada de tinta vermelha. Enrugou a testa e comprimiu os lábios. Com os dedos da mão direita, tamborilou na mesa até cansar. Abaixou a cabeça e fechou os olhos como se, de repente, se pusesse a cochilar. Depois de alguns instantes nessa posição, levantou a cabeça e olhou mais um tanto para o papel. Estalou então os dedos de ambas as mãos. Pegou a pena, mas a largou em seguida. Levantou-se da cadeira e, de mãos às costas, deu uma volta pelo centro da sala, voltou para a mesa e parou em pé diante da janela. Na rua, na clareira entre as árvores, um menino, de calças curtas, chutava uma bola feita de algum material que Opalka, à distância, não conseguia discernir, talvez retalhos de tecidos velhos, talvez meias, talvez até mesmo papel amassado. Um vira-lata marrom, de focinho escuro e orelhas caídas, corria atrás da bola, latindo. O menino ria para o vira-lata e chutava a bola ainda mais forte. O vira-lata saía correndo atrás da bola e o menino saía correndo atrás do vira-lata. O vira-lata pegava a bola com a boca e a dava ao menino. Uma hora, quando o vira-lata trouxe a bola de volta, o menino o abraçou forte. O vira-lata lambeu o rosto do menino, que caiu no chão às gargalhadas, chutando, sem querer, a bola que o vira-lata deixara a seus pés. Ela deslizou até as raízes de uma castanheira e parou. Mesmo dali, da janela da casa de Natanael, se ouviam as gargalhadas do menino e, agora, os latidos do vira-lata. Era como se ele também risse, imitando a alegria do menino, uma única alegria infantil e animal. Opalka retornou à mesa. Riscou mais uma vez o que escrevera. Virou novamente a página e grafou:

BOPP

Hesitou por um curto espaço de tempo e acrescentou na linha de baixo, em minúsculas:

romance

Olhou ainda outra vez pela janela. O menino corria e o vira-lata corria atrás. Depois o menino fingia que ia pegar o vira-lata no colo e ele fugia, mas sem se afastar muito, saltando e latindo, contente da vida, em torno do menino. Opalka voltou novamente a atenção para o caderno, virou a folha e, na página direita, no centro, escreveu ainda:

Para Natanael, meu filho

DEVERES

Antônio Almeida e Oldemar Magalhães, "Marcha do remador"
Franklin Alves Dassie, conversa na rua do Ouvidor
Francisco Alvim, "Eta-ferro"
Jorge Amado, "Poeta, viajante e pintor de tabuletas"
Amilcka e Chocolate, "Som de preto"
Wes Anderson, *Viagem a Darjeeling*
Mário de Andrade, *O turista aprendiz*
Oswald de Andrade, *Serafim Ponte Grande*
"Anti-'Roll' nato a Parigi", *Il Popolo Italiano*, 2 de novembro de 1956
Carlito Azevedo, conversa na rua do Ouvidor
A. Bakalarski, carta a esposa e filhos, 10 de janeiro de 1891
François Bazzoli, *Kurt Schwitters*
Valérie Béliard, *Picasso a Roma*
Raul Bopp, *Cobra Norato, Coisas do Oriente, Longitudes, Putirum, Samburá, Vida e morte da antropofagia*
Kátia Brasil, "Baleia é achada viva, encalhada em areia do rio Tapajós, no PA", *Folha de S. Paulo*, 16 de novembro de 2007
Sergio Buarque de Holanda, "Bopp e o Dragão"
Luisa Bustamante, conversa na rua do Ouvidor
"Caiu morto em Jundiaí", *A Noite*, 20 de agosto de 1939
Frei Gaspar de Carvajal, *Descubrimiento del río de las Amazonas: Relación de Fray Gaspar de Carvajal expoliada de la obra de José Toribio Medina*, edición de Sevilla, 1894, por Juan B. Bueno Medina
Flávio de Carvalho, *A deusa loura*, "A grande

153

aventura nos confins da Amazônia", *Os ossos do mundo*

Rita Carvalho, conversa no Planeta's

Bitu Cassundé e Ricardo Resende (curadoria), *Leonilson: Sob o peso dos meus amores*

João Cézar de Castro Rocha, conversa em Paraty

Dorival Caymmi (interpretado por Carmen Miranda), "O que é que a baiana tem?"

Álvaro Costa e Silva, *o Marechal*, conversa na rua do Ouvidor

Pietro Martire d'Anghiera, *De Orbe Novo*

Claude Debussy, "Clair de lune"

Ernesto de Martino, *La terra del rimorso*

Carlos Drummond de Andrade, "O elefante"

Marcel Duchamp, carta a Maria Martins, 3 de abril de 1949

Américo Facó, "Poesia das Terras do Sem Fim"

Federico Fellini, *8½, Amarcord, La dolce vita, Roma*

Pedro França, *Do que se consegue pelas próprias forças*

João Emilio Gerodetti e Carlos Cornejo, *Navios e portos do Brasil nos cartões-postais e álbuns de lembranças*

João Gilberto, exegese de "Saudosa maloca", de Adoniran Barbosa

Miguel Gomes, *Aquele querido mês de agosto*, *Tabu*

Luiz Gonzaga, "Asa branca"

Cao Guimarães, *Da janela do meu quarto*

Lyman B. Jackes, "Terão os marcianos visitado a Terra?", *Folha da Manhã*, 1º. de agosto de 1939

R. D. Keynes (ed.), *Charles Darwin's Beagle Diary*

"Kinkiliba", *Il Paese*, 2 de novembro de 1956

"'Kinkiliba' sconfigge il 'Rock and Roll'", *Paese Sera*, 1-2 de novembro de 1956

Claude Lévi-Strauss, *Saudades do Brasil*
José Lins do Rego, "Sobre um poeta e um contador de histórias"
Clarice Lispector, "Viajando por mar"
Maria Martins, *Amazônia, A tue-tête*
Murilo Mendes, "Raul Bopp"
Augusto Meyer, "'Nota preliminar' a Cobra Norato"
Gian Franco Mingozzi, *La Taranta*
Nuno Nunes-Ferreira, *Matriarca*
Roman Opalka, *Opisanie świata*
Leandro Sarmatz, conversa no Planeta's
Kurt Schwitters, "Eu e meus objetivos"
Orlando Silva, "A jardineira"
Eduardo Sterzi, "Casa de detenção", "Fuga de Bizâncio", conversas em toda parte
Helena Stigger, conversa em casa
Ida Stigger, conversa em casa
Ivo Stigger, conversa em casa
Veronica Stigger, *Casa do Brasil*, "Marta e o Minhocão"
The South American Handbook
Caetano Veloso e Waly Salomão, "Cobra coral"
Eduardo Viveiros de Castro, conversa no Twitter
Aby Warburg, *Manet's "Déjeuner sur l'herbe"*
Gwendolen Webster, *Kurt Merz Schwitters*
Velha senhora desconhecida (talvez uma aparição), conversa no Ano Novo de 2011 em Buenos Aires

CRÉDITOS DAS IMAGENS

imagem da capa e verso
Acervo da Fundação Biblioteca Nacional. Carta geographica do Brasil [Cartográfico]: em comemoração do primeiro centenário da Independência.
p. 1 Igreja da Cruz, Varsóvia, Polônia, c. 1930. © Alinari via Getty Images.
pp. 2-5 cartões postais. Navios da cia. Hamburg Südamerikanische, c. 1930.
p. 35 anúncio. *Folha da Manhã*, 2 de agosto de 1939. Acervo da Biblioteca Mário de Andrade.
p. 46 anúncio. *Folha da Noite*, 16 de novembro de 1933. Acervo da Biblioteca Mário de Andrade.
p. 63 cartão postal. Anúncio da cia. Hamburg Südamerikanische, c. 1930
p. 66 cardápio de restaurante de navio da cia. Hamburg Südamerikanische, c. 1930.
p. 71 anúncio proveniente do guia de viagem *The South American Handbook*. Trade & Travel Publication, 1934.
p. 80 cartão postal. Navio da cia. Hamburg Südamerikanische, c. 1930.
p. 86 anúncio. *A Noite*, 20 de agosto de 1939. Acervo da Fundação Biblioteca Nacional.
p. 92 cartão postal. Navio da cia. Hamburg Südamerikanische, c. 1930.
p. 99 anúncio. *Folha da Manhã*, 3 de setembro de 1939. Acervo da Biblioteca Mário de Andrade.
p. 114 anúncio. *Folha da Manhã*, 3 de setembro de 1939. Acervo da Biblioteca Mário de Andrade.
p. 130 anúncio. *Folha da Manhã*, 30 de agosto de 1939. Acervo da Biblioteca Mário de Andrade.
pp. 158-160 cartões postais do acervo de Joaquim Melo.

Copyright © 2022 Tordesilhas
Copyright © 2013 Veronica Stigger

Todos os direitos reservados. Nenhuma parte desta edição pode ser utilizada ou reproduzida – em qualquer meio ou forma, seja mecânico ou eletrônico –, nem apropriada ou estocada em sistema de banco de dados, sem a expressa autorização da editora.

O texto deste livro foi fixado conforme o acordo ortográfico vigente no Brasil desde 1º de janeiro de 2009.

Revisão   Renata Vetorazzi
Capa   Amanda Cestaro
Imagem de capa   duncan1890/iStockphoto.com
Projeto gráfico   Cesar Godoy

1ª edição, 2022

Dados Internacionais de Catalogação na Publicação (CIP)
(Câmara Brasileira do Livro, SP, Brasil)

Stigger, Veronica
Opisanie świata / Veronica Stigger. -- São Paulo, SP : Tordesilhas, 2022.

ISBN 978-65-5568-105-5

1. Romance brasileiro I. Título.

22-128417   CDD-B869.3

Índices para catálogo sistemático:
1. Romances : Literatura brasileira B869.3
Eliete Marques da Silva - Bibliotecária - CRB-8/9380

2022
A Tordesilhas Livros faz parte do Grupo Editorial Alta Books
Avenida Paulista, 1337, conjunto 11
01311-200 – São Paulo – SP
www.tordesilhaslivros.com.br
blog.tordesilhaslivros.com.br